一次远行

孙未 著

上海文艺出版社

谁在谁的房间

1

她听到餐刀摩擦盘底的一声响,皱了皱眉头,这才意识到丈夫就坐在她对面。丈夫使用刀叉的时候有个坏毛病,每切开一块,习惯刀刃贴着盘子底拖一下,这个动作偶尔会出发细响,让她牙根发酸。

当然这个毛病除了她,没人觉察到,他看上去岂止是风度翩翩,领带的系法会足十种,袖扣有二十七副,白发间杂,但是健身教练让他的身材一点没有走样,下颌轮廓分明,修长的手指对付刀叉足够熟练雅致。

此刻丈夫离她足有一米远,餐桌宽到古怪,这个距离他们根本没法说上话。餐桌更是长到古怪,他们总共有八对,还是十对夫妇呢,这一头想要望见那一头的一对,几乎就是打算望见地球另一端的世界了。餐厅足有篮球场那么大,高拱穹顶,只亮着十六盏烛台形状的壁灯,桌布的流苏抚弄着她的膝盖,隐约能看见廊柱上方赤裸的仿希腊雕像和穹顶上方的西斯廷壁画。落地窗外在下雨,隔着玻璃上的暖雾,雨的弧光反倒比室内明亮。

丽莎正在热烈地跟她说话,好像是在说她上次到罗马出差遇到的年轻工程师。什么?你说什么?当丽莎问她建议的时候,她不得不确定刚才究竟讲了些什么,背景音乐的缘故,是歌剧《奥菲欧》。所以她更没可能听到那个细小的声音,刀刃摩擦陶瓷,她想这也许是她的神经过敏吧。

丈夫的坏毛病不止这一个,比如喜欢把换下来的袜子扔在地板上,牙刷永远用错她的那一把,等等。这些年,他没有惹她讨厌的时候,她觉得他基本上是不存在的,就像她经常忘记了卧室里还有一台经年不用的小冰箱。

所以她还蛮喜欢讨厌他的感觉,这时候,她会感到他忽然变成一种庞大的怪物在毁坏她的生活,从她的身体深处弄痛她,这种痛能让她暂时集中精神,忘掉大脑里的一切喧闹,诸如技术服务部门和销售部门都对她很不满,他们叫她撒切尔,她回答说,多谢。还有接下来三周往返东西半球的连续五次出差,下个月美国总部来视察工作。

停,她阻止自己,这都不是现在应该想的。

每周七十小时以上的工作时间已经让她够辛苦了,今晚是她的奖品时间,就像她总会要求自己挤出时间去欧洲购物,定期运动,享用最新的美容美体项目，再累也要光顾高级餐厅，不能让外卖、脂肪、旧款时装诸如此类的，让她感觉自己的人生垮下去了。尽管，有时候她觉得这些也成了她的工作。

俱乐部的收费高得离谱，不过这酒店总算选得不错。

红酒是拉菲酒庄的副牌酒。羊排烹制得也得体。还有餐具，刀叉都是仿制谢菲尔德的复古样式，简练的直柄，象牙质地，餐刀的刀身有一个舒展的弧度，使得刀刃有弯圆的着力点，刀刃左侧浇铸了一个小小的蝴蝶印记。

窗外的雨似乎小了，再细看，铺满雾气的玻璃外星星点点在盘旋，原来是变作了雪。上海今冬，雪已经下了第二场。酒店里则暖和得出奇，她只穿了一件贴身丝质粉色衬衣、一件深罂粟色的羊绒套衫、一条格纹短裙和一双漆皮小牛皮的系带芭蕾舞鞋，大衣在衣帽间。他们这些人是不用考虑季节的，从门到门。

男士们已经结束用餐，先一步离开。

她喝完了杯里最后一点酒，跟着丽莎站起来。丽莎勾起嘴角对她热烈地一笑，手指轻轻捏住她的手指。一年前就是丽莎把这个俱乐部推荐给他们两个，后来他们每次消费基本都跟丽莎一起，丽莎也对她热情有加，就像她是东道。

丽莎的手指小极了，有点潮湿，她是个可以挂在钥匙扣上的女人，身材小而丰满，在高跟鞋上走得铿锵作响，反手捏着她，这让她不得不走在她的背后，穿过悬浮在园林里的透明甬道，雪下得更大了。走到尽头，转角沙发上没有人，胡桃木的案几上摆着一只古藤编的盘子，里面是几张带黑色房卡套的房卡。丽莎咯吱笑了一声，迅速松开她的手，拿了一张，然后消失在右侧幽暗宽阔的走廊深处。

2

她走进房间的时候,他正在沏茶,站在有一个六层高的迷你酒吧前,塌着腰,一只脚支着地,用金属热水壶往瓷杯里倒水,茶包浮起来,他轻巧地合上杯盖,叮的一声,懒洋洋地侧过脸瞟了她一眼。茶只有一杯。

酒吧离门廊最近,射灯设计得光彩耀眼,她几乎是贴着他的背脊走过去的,闻到的不是男人身体的气味,而是香水,巴宝莉的周末男士香水,毫无个性。挑逗着她鼻腔的是那一缕柑橘酸,香水的前调,这表明他刚补上香水不足五分钟,赶在她到来之前。

除了酒吧的灯,室内,他只开了床尾的一盏客房灯,紫色长方形灯罩。她把手袋放在房间另一侧的梳妆台上,脱下大衣挂在衣柜里,有一刻,她犹豫了一下，要不要把钱包锁到保险柜里去。

落地窗宽大得离谱，这应该就是酒店价目表上的园景房，窗帘完全收起着，雪团飘舞，草坪树木和西式亭廊已渐渐丢失了颜色。她这才注意到自己并不是在看雪，而是透过玻璃的反射在打量他。他们的目光相接，都快速闪开，示威般把视线挪到现实空间里，对视，仿佛谁的表情更坦然，谁就占了上风。也许仅仅是她这么想。

她闻到了薄荷味，英国川宁薄荷茶，女人才会选那种呢。他舍得从唇边放下茶杯了，态度彬彬有礼："喝点什么？杰克丹尼、黑方、轩尼诗，"他在检阅酒吧各层小酒瓶的陈列，"我看还是红酒吧，杰卡斯的梅洛怎么样？"

"新大陆的酒呀……"她说了半句，牵起了一半的嘴角笑。客房里永远不会放什么好酒，难道怕顺手牵羊？她倒不是为了酒在发笑，他踩在有蝴蝶标志的客房拖鞋里，袜子已经脱掉，裤子也已经脱掉,也许他在家里就是这个习惯。现在他上身穿着一件质地颇佳的白衬衣,敞开了一颗扣,下身,很糟糕,不是光着两条毛茸茸的腿,而是穿着一条秋裤。这些年还有人穿秋裤吗,她想今晚不会干坐到天亮吧。

"不喜欢这个,我就让餐厅送一瓶过来,刚才的拉菲。"他这么说着,言语颇有讨好的意思,手里却已经三下两下拔出了红酒塞,挑了个郁金香杯倒了三分之一满,递到她面前。这一连串动作倒是果断有力,毫无拖沓。

她已经在落地窗前的椅子上坐下,踢掉鞋,左腿搁在右腿上,手指扣着酒杯的杯脚,仰起下巴看他:"你的意思是,我喝酒,你喝茶啰?"

他清了清嗓子。她重新审视了他,觉得他也还算好看,应该有四十出头了吧,但是看起来至多三十五,头发茂盛,染成褐色。眼镜摘掉了,笑起来除了眼角有一丛皱纹,其他皮肤还算滋润平整,色泽漂亮，也许不久前做过美黑疗程。秋裤包着他的腿型，颇为强健，大腿肌肉隆起。当他捉着她的手肘，把她抱起来的时候，她发现他高她恰好半个头，肩膀宽阔，腰腹有力，他们熟练地翻滚到床上，他此刻的表现延续了开红酒的气势，他摆弄她的身体就像滚筒洗衣机在摆弄一件弱小的绸裙，泰然自若，尺度大胆，这让她觉得之前的忧虑纯属多余。

可是忽然间，她尖叫起来，右侧肋骨碰到了什么冰凉的东西。

"别出声。"他按她的嘴。她推开他，挣扎着扭亮床头灯，查看发生了什么。

他的另一只手里居然拿着一把刀。

她飞快地跳下床。"这是什么，什么！"她的声音有点嘶哑。

他也被她的反应吓坏了，眨巴着眼睛说："这没什么，一个小道具。"他跪在床上，反转刀子，手掌捏着刀刃，把刀柄递给她，像个降兵。"就是，我很喜欢有人用刀子什么的对付我，我就会很……"他笑笑，伸手又把她拉上床来。

谢菲尔德的复古样式，直柄，象牙质地，刀身有一个舒展的弧度，刀刃的左侧还有一个小小的蝴蝶印记。她认出了这刀子。他承认这是他从餐桌上顺手"拿"来的。

他让她握着刀柄，他握着她的手，自杀的姿势，把刀刃伸进第二个衬衣纽扣的接缝处。他手腕用力，反手向上用力一挑，衣襟开了，扣子滚落下来。她又惊叫了一声，唯恐刀刃顺势划破他的下巴。他说不会，这刀刃钝得可以，握紧了，尽管大胆来，照着胸脯和脖颈来，用刀背。

她开始觉得有趣起来，握着刀柄的感觉好极了，像被什么在背后猛然推了一把，凝固的血流动起来，耳朵作响，手指通红。她骑在他身上，揶揄地问："你没有带绳子啊什么的吧？"

"我们来这儿的行李都是我太太整理的,她不让我带任何工具。"他很严肃地回答,好像他现在是一个手无寸铁的水管工。

她丈夫的行李也是她整理的,就在今晚出发前,她特意往他的皮包里放了一盒避孕套。这是上周他们去家乐福采购的时候,她列入清单里的,两盒。在参加这个俱乐部前,已经足足三四年,他们的购物清单上彻底没有了这个项目。

"我们还可以试试就地取材,让客房服务再送点什么来,或者……你的高跟鞋,"他瞟了一眼地毯上她的新款漆皮芭蕾舞鞋,香奈儿的。他视线落地的准确程度,证明他设想已久,"你可以穿上鞋踢我。"

现在,她觉得脚趾仿佛也变得通红。然后门铃响了。

他们姿态古怪地停顿了一刻,叠罗汉似的。

他拿过床头柜上的羊绒套衫递给她,意思是,这一定不是我妻子，多半是你丈夫。她摇摇头，把秋裤扔给他，仿佛在反驳道，这绝对不可能是我丈夫，一定是你妻子。这么丢脸的事情谁愿意承认呢，即便是自愿到门口去走一遭，也似乎是默认了这种可能性。

隔了半晌，门铃又礼貌地响了一声。她快快地直起身，套上衣衫，踮脚走到门口，透过猫眼往外看。她这是担心丈夫真的会做出这种事情，还是希望如此呢。

然后，她使劲地打开门，把门口站着的服务生也吓了一跳。她对着屋里大声喊："亲爱的大卫，是你让餐厅送红酒来了吗？"像是宣布什么，又像是有点愤怒。大卫是一个玩笑的称呼，肌肉而白痴的代名词。她还不知道他叫什么。

他裹着浴袍飞快地出来了，揽着她的肩站在门口，看着推车。

"对不起，先生。你们都是住在这一排的，我想我一定是记错了房间号。"服务生是个瘦男孩,手脚颀长,睡眼惺忪。冰桶里插着一支拉菲,边上是两支葡萄酒杯、一方扣布和剑兰花的装饰。到底是哪个房间?他和她同时相互看了一眼,表情僵硬。

这一排的房间深门紧闭,寂静无声。

怪异的是,对面一排房间有七八扇门正同时洞开着,不时有人从这间串门到那间,又从那间一起涌去另一间,门里透出的耀目光亮仿佛是天堂被捅破了几个洞,有人高声对话,口音像是台湾或闽南一带的。她带着厌恶和惊讶看着这一幕,仿佛这里已经不是五星酒店,而是一个野蛮的村庄。她听到他咕哝了半句什么,搂着她退回房间,把门重重地碰上。

他又开了一瓶赤霞珠,报复似的,两个人都喝了一大杯。他们再次彼此亲吻,亢奋得有点矫情。她压住他,将刀刃插进了他第三个扣子的背面,这是一件手工衬衣,她注意到了纽扣缝制的线脚。

"纯粹的随机,然而,绝不是随机那么简单。"她想起俱乐部的宣传页上这么写着,"我们为您做过严格又严格的筛选,确保您的娱乐是绝对安全的。"

事后谁也不会勒索谁,她欣慰地想,忽然一个古怪的念头升起来,她想,如果我杀了他呢,什么绝对安全,我现在杀了他会有谁知道?纯粹的随机,没有人会知道谁和谁在一个房间里,连俱乐部也不知道。她感觉刀刃已经碰到了他胸膛的肌肉,往下按,充满弹性,跟切熟羊排的感觉完全不同,他满意地呻吟了一声,把胸膛更往刀刃上送了送,他甚至不会反抗。

她听到血液在耳朵里澎湃,像什么声音在召唤她。她使劲割了好几下,最后一下,纽扣飞了起来,她忽然忍不住扇了他一个耳光。

门铃响了。

她跳下床，走到门口，对着猫眼看了一眼，走回来，意味深长地看了他一眼。

他显出难以置信的表情，嘴唇显出咒骂的形状，抓起秋裤，翻身下床，刚要套上又醒悟般放下，光着脚跳到衣柜边，找出西装裤直接真空穿上。快要走到门口，他下意识地摸了摸脸和身上，发现胸襟大敞没了扣子，折回来，从衣柜里扯出西装，一路披一路往门口去。

在此期间，门铃又急促地响了两次，感觉就是来找麻烦的。

她在猫眼里看到的是一个女人，没有穿酒店的制服，没有穿外套，披散着长发，圆脸，只穿了一件贴身的长袖运动服，脚踏客房拖鞋。她只可能是谁，不是吗！

门开了，她下意识地往房间深处躲了躲。她听到门口传来了甜美的说话声："大卫先生吗，不好意思打扰你们啦，可以让我进去你们房间看一看吗?"她一惊,本想躲进盥洗室,来不及了,她飞快地抓起他的浴袍披上。就看见那个女人已经走进来了,大卫先生一脸傻相站在门边。

女人脚步轻盈地径直来到落地窗前。"噢,原来你们窗外不是湖啊,是草坪呀。"她用了极其感叹的口吻,伸手抓住窗拴,往一侧拉。看得出她非常用力,身体斜成一个锐角,肩膀都耸起来了,整面玻璃纹丝不动,包括倒影里两个目瞪口呆的人。

"原来这里的窗户都是打不开的呀。"女人下了结论,转过身拍打着两只手,其实窗拴上一尘不染,她还在拍打两只手,一上一下。因为大卫先生和大卫太太都肃穆地看着她,一言不发,听凭她发落的样子。

现在,这个女人站在房间中央,沉默下来,看上去像一支粉红色的棒糖,运动服是粉红色的,脸也是粉红扑扑的颜色,长发有刘海,松松地搭在大眼睛上。她的眼睛像两个问号,嘴像一个惊叹号,就像她才是那个被堵在这房间里的罪犯。她自言自语地开始介绍说，她就住在对面房间，和她妹妹一个房间呀，她叫小慧，妹妹叫莎莎呀。祖父和大伯住在隔壁房间啦，舅舅和舅妈住在隔壁第二间啦……总之他们的窗户都打不开。

小慧说话的语气让她想起了微波炉，每句话结尾都是叮咚一声。

"刚才我看见你们正叫外卖呢……"小慧在解释打扰他们的原因。

"是客房服务。"她纠正她，及时切断了叮咚声。

"不是我们叫的。"他严谨地补充了一句，言语中带着气恼。

小慧丢了话，努力想再捡起来，踌躇之下，东张西望，不小心瞟到了床上的刀子，她的脸上掠过一丝惊疑，想转开目光，却又不慎看见了地毯上的两颗扣子，还拖着线头，她慌乱地把目光回到大卫

先生的身上,这才终于找到了下文:

"你们这是要准备出门去吗?"

大卫先生穿着全套的西装呢,领子还竖着,遮挡里面弄破的衬衣。

"嗯,差不多吧。"他能感觉到她揶揄的表情,他正恶狠狠地瞪着那个小慧。

"你过来。"他抓住小慧的胳膊,把她拉到落地窗前,然后按住窗拴,往里压,再轻轻一拉,落地窗就滑开了三分之一。她裹紧了浴衣。他迅速把窗合上,嘭的一声:"会了吗,就这样开。晚安。"

为什么外面下着雪,还一定要开窗呢?她不理解。

没住惯酒店嘛,他有点刻薄。

房间里现在终于安静了,安静得有些过头。

落地窗紧闭。窗外的暗夜中,雪停了,园林银光闪闪,今夜的世界如此完美无瑕。现在他们每个人看见的应该都是同样的景色吧,都在这一排的园景房，望着同一片雪地，却不知道谁在谁的房间里。

她觉得有些困了，竟然想，不如洗个澡就睡吧。可是她还站在窗前，呆了似的。

他松开摩挲她的手，从她的浴衣里抽出来，打开电视。她不自觉地被声音与光吸引，把视线投向屏幕，那个世界总是更加让人眼花缭乱。此刻最合适的是调到一个爱情片，动物世界也行，结果HBO在播一个喜剧片，金凯瑞正在与人工控制的海浪搏斗，打算逃出他生活了三十年的虚假世界。

他悻悻地关上电视，脱掉西装，脱掉西裤，在房间里走来走去，扯开一半的衬衣在身上飘来荡去，他三两下把衬衫也脱掉了，扔在床上，忽然间跪下来抱住她的脚。

"穿上鞋，踢我，来踢我。"他怂恿她，吻她的脚趾，湿漉漉的，热气呵得她有些痒。

前些年，她和丈夫还去做过很长一段时间的婚姻咨询，花费不菲，得到的评语是身体健康，情感融洽。是的，他们从来不吵架，哪有这个闲气力。咨询师建议他们，不妨更换一下环境，做一点角色扮演的游戏，或者用些工具也行。可是连咨询的时间都是好不容易抽出来的，他们哪有这闲心思来策划这些。反正不是健康问题就好，不是感情问题更好，反正这样也不会死。

此刻在她脚下，有个水管工如此兢兢业业，立志要把今夜的合作进行到底，这让她竟然有些感动起来。她顾虑会踢伤他，幸而他的肌肉看上去庞大得很。她好奇地问他平时做什么运动，才能把身材维护得这么好。

"我养了四匹马，每周骑两次……"他气喘吁吁的，"骑马……你想试试吗……"

门铃打断了他的哼哼。

他光着身子从猫眼那里跑回来，示意她去开门。

"刚才那个白痴。"他说。

小慧道谢了足有五分钟,据说他们的窗户已经全部打开了,按照大卫先生教的方法。接着她把一堆小瓶子托到她鼻子下面:"大卫太太,这些哪个是洗发水呀,哪个是沐浴露呀?"

"我吵到你们了吗?"看着她堵在门口的架势,小慧又开始找话填空,"你们说要出门去的呀,我想你们也许正准备出门呢。"

好吧,她决定快速结束这次谈话,以免这台微波炉不停地叮咚下去。"以后有任何需要,你们可以打电话给客房服务。其实刚才开窗那种事情,你们就可以直接找客房服务。"在解释完所有瓶子的用途之后,她正色告诉小慧。

"拨八零零九,记住。"关门前,她特意补充了一句,"晚安。"

他又在喝薄荷茶了,披上了浴衣,壶里的水刚烧好。

她打算先去洗一个澡，他也得洗，在地上滚来滚去的。之后好歹把事情办完。

她在浴缸里泡了一会儿，觉得肩颈和腰部的酸痛渐渐松弛，可惜忘了带一杯红酒进来。她叫道："大卫，大卫？"没有人应。盥洗室有里外两间，她有点后悔刚才自己顺手带上了门。匆匆浴毕，用上晚霜等若干，吹干短发，裹着浴衣走出来。

一阵冷风让她打了个冷战。谁把落地窗打开了？

地毯上扔了一件白衬衣，衬衣撕破了，上面有一道明显的血迹。窗移开了三分之一，雪片示威般飘进来。房间里没有人，除了她。他失踪了。

她听到心跳的声音，咚、咚、咚，擂响在脑壳里。两颗扣子还散落在原地，离衬衣不远。她严肃地绕着房间走了一圈，确定他没有躲在任何一个角落。他就像是从这个房间忽然蒸发了，不是蒸发，洞开的落地窗表明了他遭遇袭击的方向。意识到这一点时,她飞快地关上了窗户,她发觉手在哆嗦,险些被窗拴夹痛。

花园里又在下雪了,雪片悠闲飘落的姿态有些诡异,似乎是一群不动声色的同谋,隐约还能够看见雪地上有凌乱的脚印,已经模糊难辨,转眼间即将湮灭。

她跌跌撞撞地冲到衣柜前,他的西装和西裤好端端挂在那里,他不可能一丝不挂就被劫持了吧,血迹,可能他已经死了,被谋杀了,大雪天正是毁尸灭迹的好时候。

这时候,门铃响了。

"大卫太太,我拨了八零九,可是怎么也拨不通呢,所以我又来麻烦你们啦。"小慧刚洗了头发,湿漉漉垂在腰际,"你们能教教我怎么才能把窗帘放下来吗?"她说着就自然地往他们的房间里走。

她慌忙拦住她,抽出房卡,将房门在背后迅速关上。

窗帘是用遥控器升降的,如此而已,她在小慧和莎莎的房间里演示了一下。她们的房间果然就在她正对面,湖景房,湖面像一幅镜子,在雪地里反射着幽暗的光芒。

她回到房间,惊魂未宁,背靠着门颓然坐在地上。

她诧异刚才突如其来的那一阵慌张,面对小慧,飞快地合上门,倒好像是她杀了人似的。她不应该帮她们弄窗帘掩饰半天,她应该立刻就报警,这冰天雪地的,越及时,他生还的可能性就越大,不是吗。

可是她应该对110说什么呢?一个男人从她的床上失踪了,他叫什么名字,在哪里高就,她都完全不知道。没有什么可以证明凶案的发生,除了一件带血迹的衬衣,衬衣的扣子是用刀割掉的,不过不是凶手割的,是她。她这才发现,床上的刀子也不翼而飞了，她的脑袋又轰然一声响，刀柄上还有她的指纹呢。她觉得呼吸困难，如果尸体被发现，验尸报告一定会提到他臀部上的新鲜淤青，那是她的高跟鞋造就的。

此刻她终于读到了自己的心意，她从一开始就没打算报警，如果他出了意外，她也希望他最好死得远远的，没有人发觉。

这个想法把她自己吓到了，如果出事的是她呢。

她踌躇了半晌，终于决定拨打丈夫的手机。她耐心地听着电话彩铃演奏了十五秒，变成忙音。她再次拨过去，她决定如果他再按掉，她会继续拨。这一回，他接听了，瓮声瓮气的："你又不是不知道我在哪。"

"我这里出事情了。"她抢着说，怕他立刻挂断，听他的口气就是如此。

"你等下别挂。"他听上去匆忙而不耐烦。她听到窸窣声,走动,她觉得欣慰,虽然态度恶劣,他关心她出了什么事。

很快那头就传来了他的声音。"你在什么时候不能跟我说事情,非在这个时候!"有回声,像是在盥洗室里,"我警告你不要跟我搞怪,搞得大家都没面子,神经。"

"我出事了,有人闯进我的房间……"她不知道自己为什么要这么说,"有人差点杀了我!"电话已经被挂上了,忙音震得她耳朵嗡嗡作响。原来他躲到盥洗室里打电话,只是为了警告她。

他弄痛了她,像每一次漫不经心的冒犯那样,他从她身体深处弄痛了她。她忽然觉得没什么可怕的了,谋杀,被控谋杀,雪地里的暴徒,惊动整个上海的丑闻,让一切都来吧,让这个世界毁灭了才好,只要他跟她一起倒霉,身败名裂,一文不名。反正他早已毁坏了她的生活,如果她所厌恶的生活需要有所归咎的话。她又拨他的号码,电话立刻被他按掉了。她继续拨,您拨打的电话已关机。

她愤怒极了,她颤抖着手指按下了110,他不关心她的死活,至少她是纳税人,她要让他看到,她还有被保护的一般权力。她几乎就拨打出去了,其实她不过是想找个人说说话。

她想到了丽莎。

这会儿给她打电话也许不合适,但是也许他们已经完事了。无论如何,她是俱乐部所有事务最好的咨询人了,一直如此。为了办得更私密,他们的会籍和缴费都是通过丽莎办的,与俱乐部的工作人员没有任何直接联系,她也相信丽莎不会白白效劳,没有营收。

手机响了很久才被接听,丽莎的声音气息微弱,被惊醒,或者是因为躺着。

"亲爱的,你知道我现在不应该接你的电话。"丽莎听上去有点不快,但还是勉强把事情的来龙去脉听完了。她觉得丽莎的身边有人,在接听电话的时候,她每说一句,丽莎就重复一遍,似乎是在讲给身边的人听。

"亲爱的,你知道的,我们没法去报警,我们现在根本不知道失踪的是谁。要知道是谁,就得把所有人都从房间里叫出来,这样合适吗?什么事情都等着明天早上退房的时候再讲,好吗?"语速比平时慢不少,显然还躺着。

"我在1019房间。"她急忙补了一句,赶在丽莎挂断电话前。

"嗯, 1019房间。"丽莎懒洋洋地重复了一遍,电话挂了。

刚才她忽然有了一种奇怪的直觉,丽莎身边就是她丈夫,所以,无论如何她也要把房间号告诉他们,她希望丈夫知道发生了什么之后,至少夜半能过来一次。

丽莎去年第一次遇见他们,是在一个BBQ聚会,当天她就向他们推荐了这个俱乐部。看起来那是初识，可是谁知道丽莎是不是早就认识她丈夫，然后故意出现，装作陌路，诱惑她参加游戏，事实上是为了与她丈夫有一个不用躲藏的偷情时间。

她被自己的假设逗笑了，笑在鼻子里短暂往返了两公分。如果那样倒是好了，如果真的有外遇，有移情别恋，如果她丈夫真的还能处心积虑地爱上谁，兴致勃勃地想要跟谁欢好。如果她还能心无芥蒂地爱上谁，或者仅仅是迷恋某一个人的身体也好。他们之间的局面至少好过今天。

门铃响了。

她惊喜地跳起来，拉开门。

小慧的鼻子几乎碰到她的鼻子，她们差不多高。

"大卫太太，你还好吧？"

她猜想自己的表情应该很难看。她还没说完"八零零九"这个数字，小慧就涨红了脸，急着摆手打断她："我这一次真的、不是来麻烦你们什么的啦。你们饿吗?我拿了些吃的来给你们呀。"

纸袋里白花花的,是冬瓜条。她最后一次吃这种东西是什么时候,小学还是中学?外面裹着厚厚的糖霜,甜极了,咬下去里面空空洞洞,还有点水,被糖腻到的时候,感觉就像是在嚼肥肉。她是决计不吃这个东西的,这么多的糖分,开玩笑。她为了节食,连饮料都是喝无糖的。

她把纸袋推回去的时候,小慧讪讪的。她看着这个麻烦的女人垂头走回去,三两步后,忽然下定什么决心似的,大步折回来,凑近她,忽闪着圆眼睛,表情认真。

"大卫太太,你们……是吵架了吧?我第一次进去你们房间就发现了呢。你看上去真的很让人担心呢。你要不要过来我们房间坐一会呀?"她不知道自己怎么会让小慧揽住了她的手肘,现在这个女人说话的气息几乎吹到她的脸上,"或者,今晚你留在我们这儿睡吧,等明天早上大家的气都消了……"

她匆忙挣脱开来,逃回房门里,合上锁。

她感觉糟透了,居然博得了那个白痴女人的同情,她看上去真的有那么悲惨吗。她刚才真的在返回房间前迟疑着,无助地等她折回来安慰吗。

落地窗外的雪还在无休无止地下,这么喧闹,却没有任何声响。

带着血迹的衬衣翕动了一下,她惊跳起来。

大床正凌乱着一脸皱纹,困惑不解地瞪着她。

不,她今晚是决计不能留在这里的了。她脱下浴衣,换上衬衣、裙子、羊绒套衫,找到了翻滚在床脚的漆皮高跟鞋。她没打算将园景房一间间敲个遍,指望不了他们,她也没兴趣对他们负责。她计划另外开一间房间,不是在这家酒店,太引人注意了。她会到车库把车开出来,就近再找一家酒店住下,天亮以后就径直开回市区,到希尔顿吃早餐,回家,或直接去公司处理文件。视时间而定。

她会表现得一切如常,也许警察根本就查问不到她这里。如果问到,她也可以矢口否认,反正房间登记没有用过她的身份证。

拿起手袋的时候,她心念一动。她拉开衣柜,发现他的提包还在里面,打开,眼镜,碧欧泉的男士护肤小套装,飞利浦剃须刀,收纳袋,袋子里有一套干净的衬衣、内裤和袜子。没有文件夹、记事本。怎么,居然也没有钱包。她叹了一口气,如果找到身份证之类的,也许她还能在转移之后匿名报个警,救他一命。

旋即,站起身来的这一刻,她看见保险箱的门已经锁上了。她这才注意到,他的房卡也和他一起失踪了。有什么忽然哽住了她的咽喉,让她想要大笑。

3

门铃响了。

小慧打开门。大卫太太站在门口,穿戴整齐,还挽着手袋。

她被让进房间里,发觉小慧的表情自然之极,仿佛她的投奔是她一早就预料到的,这就已经开始为她铺床,把自己的一干物事搬到莎莎床上去。这时候,她闪过一个古怪的念头,她想这个女人也许不是白痴得可以,而是八卦得可以。也许她完全能够辨认沐浴露和洗发水,她只是一直在为那把刀子和两颗扣子担心。也许是为她担心。

"大卫太太,你想不想再洗一个热水澡呀?还是现在就睡呀?"小慧递给她一件浴衣。

"别再叫我大卫太太了。"她的声音有点干涩。

"是呀,太正式啦。"小慧看上去很高兴的样子,"那我以后可以叫你什么呢?"

她愣了一会,然后说:"丽莎。"

"丽莎,"小慧拉着她在床沿坐下来,轻轻揉她的背,"别生气啦,待会还是打个电话给你老公吧,他找不见你该着急啦,好吗?好吗?"

忽然间,她发觉自己哭了,紧紧抱着这个白痴女人,哭得像个傻子似的。

·

安家

　　老人在这张床边已经盘桓了将近一个星期了。他睡惯了棕绷床,原先家里那张棕绷还是和妻子结婚六年后才置办的,睡了三十多年床中央都没有塌下去,铺上一床棉花胎,堪称完美。眼下这种床让他有点不习惯。床架低得都快贴到地面了,老话说吸潮气。床垫呢,厚得像个四方面包,比一般的席梦思足足厚了一个虎口的高度。他都怀疑自己这老胳膊老腿的一头睡下去，都会陷在这垫子里爬不起来。

就这么一张床不像床的玩意儿还卖得死贵，说是德国货，开价六万。但是老人就是偏爱这张床上铺着的床单，浅橘红的底色上有大朵牡丹花的图样，他记得，这花色正是老伴最喜欢的。在上世纪八十年代，这款床单曾经是最时髦的东西，上海民光被单厂，全棉，牡丹富贵温馨，几乎家家户户都有一条。

眼下这条床单明显不是原来的那种了，温暖的全棉换成了华丽的缎子面料，估计是哪家做高档床上用品的厂家故意采用这种怀旧的花色。这幅美丽的布料毫不吝啬地一直铺垂到地板上，这让老人每次走到床边，都会感到一种莫名的羞怯。

这才下午三点多。虽说是周五，现在就睡也早了点。

但是老人还是打算在床上先躺一会。他在床沿坐下来,用手支撑着身体慢慢平躺下来。卧室的墙面是小麦黄的,衣柜和床头柜是红胡桃色,都是他喜欢的暖色调。空调的温度打得很高,让他暂时忘记了这是二十五年来上海最冷的一个冬季。午后的阳光从四周的窗户照进来,映得墙上一片光影喧哗。

他舒服地闭上眼睛,听着客厅里的脚步声,厨房里的脚步声,书房里的脚步声。

女孩和男孩先是跑进了厨房,用锅和锅铲在打闹,女孩尖声笑着,仿佛有什么了不起的高兴事需要炫耀,男孩的脚步一直围绕着她,气喘吁吁的,像是一条脚步快乐的小狗。他们在穿过客厅的时候使劲折磨了那套真皮沙发,皮子的吱嘎声衬着他们脚底落地的声响。然后他们跑进卧室。

女孩大叫着,我们到家咯!把整个身体重重地摔在床上。

老人的身体在床垫上剧烈晃动了一下。他暂时没有打算睁开眼睛。

女孩拉扯着男孩的胳膊,要让他一起坐到床上来,但是没有能拉动他。男孩收敛了脸上的笑容,指了指大床另一侧躺着的老人,手臂用力,反而想把女孩拉起来。女孩忽然恼了,使劲甩开男孩的手,坐在床上嚷嚷着,我正高兴着呢!你干嘛要扫我的兴啊!你让我好好高兴完这一天都不可以吗?

她的声音委屈得不得了,倒好像刚才她这么高兴都不是真的。听起来,男孩对她的突然爆发毫不惊讶。他低声在和女孩解释,你看这儿不是光我们两个人,还有别人哪……

别、人!女孩厉声打断了他,别人都是人,我们不是人对不对!在公司里我是条狗,老板呼来喝去一分钟都不让我停下来!下了班我们就是野狗,房东把我们赶来赶去!难道在这儿你都要让我看别人的脸色吗?这个地方大家都是一样的好不好,谁一定要让谁啊?

声音震得耳膜作响。老人终于把眼睛睁了一条缝，在枕头上略略偏过视线。女孩扭过身子，眨巴着眼睛不带一丝笑容地看着老人，说，我现在呆在这儿，没问题吧？

大叔，我们就在这儿坐一会儿，坐一会儿就走！男孩抢着向老人恳求，用带着些结巴的口吻和一脸尴尬的微笑。这让老人叹了口气，微微点头表示允许，心里告诉自己，他只是对男孩点头，和这个跋扈的女孩毫无关系。他不得不撑着床垫半坐起来，背脊枕着棕色绒面的床靠背。毕竟他不能平躺着，跟这个女孩共处在同一张床上。

男孩并没有坐下，他依然拘谨地站在床边，眼巴巴地看着女孩在大床上摆出各种姿势，一会儿靠着床背，一会儿抱起枕头，仿佛老人并不存在似的。

女孩对着男孩招手说，你上来啊，我们一起拍照！看着男孩半天不动，一副专为等她一起离开的样子，女孩无趣地掏出了自己的手机，对着摄像头开始自拍。她半身仰卧下来，头发披散在床单上，在牡丹花的图案边上举起两个手指比划出一个"胜利"的手势。她把背对着床头灯，在裸色褶皱的灯罩边摆出妩媚的笑容。她又换了一个角度，摄像头朝向床头上挂着的大幅油画，努力把手机伸到尽量远的地方，可是手臂不够长。

你倒是帮帮我啊！女孩叫道。男孩顺从地接过手机。

他看着屏幕上的图像，一边指挥女孩，过来一点，再靠床边来一点。

要把我和整幅油画都拍进去噢，女孩狐疑地说，你让我这么靠边做什么？

女孩跳下床，抢过手机，她终于明白原来从这个角度拍，无论如何，同时坐在床上的老人都会被一起拍进去。还没等男孩阻拦，女孩就对着老人大步走过去，不客气地说，喂，你倒是让一让好不好？我这照片根本没法拍啊！

老人又用手臂撑着床垫，慢吞吞地开始挪动身体。男孩起初还以为老人这就要下床了，可是老人直起腰，忽然把两只鞋底狠狠地踩在床上，然后手扶着脚踝盘起左腿，再是右腿，就这么稳稳地盘坐在了床头，毫不顾忌自己的鞋边上的尘土完全蹭在床单上。

女孩看着老人脸上睥睨的笑意，后退了半步，就听见老人笃定地宣布道，不好意思，小朋友，这张床我已经订下来了，这是我的。

安家家居城总共占据了商场两个楼面。裙楼的楼层，楼面宽广，足有好几个篮球场大，四周全是透明的玻璃幕墙，上海市中心南部高楼峥嵘的景色一览无余。购物中心内则一律是与身高齐平的薄墙，呈几何形状绵延弯折，让人想起那些遥远故事中的迷宫。

因为是自助购物，设计人员颇有创意地做了十几套样板隔间，就这样把家具、灯具、软装饰和各种小东西陈列出来，让顾客自己摸、自己选，床和沙发之类的还特意写着"欢迎亲身感受"之类的字样。

女孩站在玻璃幕墙内侧的窗台上，其实这只是非常窄的一道大理石边沿，她惦着脚尖，伸开一侧的手臂扶着男孩保持平衡，慢慢地踩着这条边沿往前走。多么奇妙的景色啊。只要站高这么一点点，这些薄墙里圈着的世界就一方一方地展露在女孩的视线之下。一个秃顶的中年男人正在2号套间的浴室里抚摸那只按摩浴缸。两个美丽的少妇在4号厨房里抄写各种配件的型号，一个趁另一个不注意，拈起一枚盐罐装进钱包里。一对老夫妇在7号客厅里坐着下棋，象棋是红木茶几上的装饰。

男孩托着女孩纤细的手臂。他什么都看不见，除了一排排与他身高相差无几的墙。可是墙后面的每一间房间他都记得，尤其是那些卧室。1号卧室是樱桃木的衣柜和床架，酒店款的丝缎条纹白床单，不锈钢灯架的落地灯，倒也清爽。不过女孩说，这是给自以为文艺的人准备的，太装了，她宁愿把钱扔到黄浦江里也不会花钱在这么一间卧室上。

置办这整套卧室的布局至少也得二十几万。这里的每一间卧室都是如此。男孩和女孩的存款总和最多的时候也只有几千，连买半平米的房子都不够。但是女孩拉着男孩大摇大摆走进来，就像他们已经有了新居，就差好好琢磨应该怎么装修和布置。

2号卧室全都是红黑相间的漆面家具，床单和窗帘是金色的。女孩说，这简直就是暴发户的品位嘛。3号卧室是藏青色的全棉床单，黑胡桃木的衣帽架和床头柜。女孩的评价是，这最适合一个单身的花花公子。6号卧室是一个粉红蕾丝的天地。女孩每次都会嘲弄道,按这个样子装修卧室的一定是个老处女。8号卧室全是红木家具,女孩表示她以后可能会考虑买一具红木棺材,但是红木家具就免了。女孩唯一称心的是9号卧室,她热爱这小麦色的墙面漆和红胡桃色的家具,她说这是阳光的颜色,就算以后仍然没有窗户也不怕了。她喜欢床头油画中的林间小溪和鲜花遍野。她尤其钟爱的是这张大床,她说这牡丹花图案的橘色床单让她想起了她的老家,她的爸爸妈妈,还有她毫无忧愁的童年。那时候他们成都家里的大床上永远是这幅床单,下午时分,阳光和窗台上植物的影子刚好投在平整的床单上。

事实上,女孩第一眼就被这间卧室迷住了。本来她只是怀着一种讥诮的态度来品评这些房间,这些如果不是样板而是真正的房间,就是这个地球上她恐怕永远不可能踏足的地界。可是那天,就在她走到这间卧室门口的一刹那,她兴致勃勃的刻薄笑容忽然凝固在嘴角。她只是站在原地，连迈步都忘记了。

老人看着男孩拉着女孩的手，又怯生生回到他的面前。女孩的眼睛一直流连在这间房间的摆设上，像是着了魔。男孩恳求说，我们看中这里已经好几个月了，今天是我们第十三次来看这个房间，我们只想拍几张照，只一会儿，十分钟行吗？

老人忽然觉得好笑，这让他想起年轻的时候，他和别人在外滩抢地盘的情景。那是上世纪八十年代初，他和红梅刚开始搞对象。每天下班，他都顾不上回家吃饭，就直接往黄浦江方向赶去，为的是在一千多米长的防洪堤边上占一个位置。那堵防洪堤是当时情侣的恋爱胜地，又或者说，是唯一可去的地方，因为大家都没有屋顶下面的空间。

老人还记得当时37路要乘九站路才到。下班高峰时刻，一大串人挂在车门口往上挤，下面的人帮忙推，车门还是半天关不上。站站如此。要是到外滩的时候天已经擦黑，位置就肯定没有了。仿佛约定俗成一般，每对情侣之间都有半米左右的空隙，只有半米，这个空隙是不能往里硬插的。所以没有了，就是没有了。他只能在红梅怨愤的目光中迎接她，再坐车送她回去，一路沉浸在可怕的沉默中。

后来他从父亲那里借来了自行车，就一下子占了很大优势。他仗着年纪轻体力好，穿红灯，穿人行道，一阵猛骑，每次总能笃悠悠抢到最好的位置，钟楼附近，黄浦江没有烂泥滩的那一段是最佳的视野。当两个人转过身背对这个城市，面朝夜色中的江水，粼粼的月光流淌在广阔的江面上，像是一片无垠的丝缎，柔软地覆盖了他们整个世界。

女孩一把拨开男孩，对老人嚷嚷，你有什么证明你已经把这床买了呢？你把发票拿出来啊！要是拿不出来，你就给我们滚蛋！

老人从鼻子里哼了一声，不慌不忙地说，这辈子让我滚蛋的人不知道有多少,不过恐怕还轮不到你!小姑娘,就凭你还想要看我的发票?你是戴帽子的还是戴袖章的?有发票顶屁用,就算有房产证,有人叫你滚蛋你还不是一样得立时三刻滚蛋!就算有工作证,有人说句话不让你做了,你几十年工龄还不是都立时三刻不算数了!

老人叨唠着,忽然笑了起来,似乎是被自己的话给逗乐了,两只手按在膝盖上,在床头前后摇动着身体。那一角的床单在他两腿底下被揉得皱成一团。……就算你有身份证又怎么样!别人不把你当人你还不是一样当不成人?老人像一只发生了故障的玩具,说个不停。

这一次是女孩使劲拉住男孩的手,不让他走上前去。

老人瞪着男孩和女孩说,就算阎王老子还不打算叫你去,有人想要擦掉你,你还不是立时三刻、悄无声息地被人家从这个世界上擦掉,到时候人都没了,你有身份证顶屁用!……

这是神经病啊,我们赶紧走吧,女孩对男孩耳语,然后拼命拉着他往后退,往后退。

男孩被女孩牵着退出了卧室,女孩的手指冰凉,脚下走得飞快。走到了楼面的尽头,站在自动扶梯口,女孩深吸了一口气。男孩紧紧捏着她的手指,忽然意识到,她哭了。

男孩还记得女孩第一次走进那间卧室,坐下在床沿,近乎胆怯地触摸床单上的花朵,触摸这张只在这一刻属于她的床……后来,他们在这间卧室里下过棋,床头柜上有一副飞行棋的装饰,她坐在床头,他坐在墙角的红色懒人垫上对弈。他们靠在衣柜上偷偷亲吻过,他半睁着眼睛留意着那个没有门的门洞。她曾经坐在摇椅上,他坐在床尾,两人一起看电视。她拿着遥控器不停地按来按去调台,调到哪里看的都是她最喜欢的"好声音"。她张开双臂，在摇椅上跟着节奏一边晃一边唱杨三十二郎的歌，天苍苍野茫茫，自由像风一样，那是我伸手就可及的天堂……高兴的时候，她还会从摇椅上突然跳起来，站在电视机前面叉开两腿学骑马步，一边疯狂地哼着江南神曲。可是电视机的空壳上永远糊着一张紫薇和小燕子的剧照，天长日久已经泛黄卷了角。

有两次，女孩还在这儿睡着了。一开始是假装体验床垫的质量，对着"欢迎亲身感受"的标识端详一番，煞有其事地用手按了按床垫，坐上去，趁着门洞外没人走过的时候一歪身平躺下来。当背脊触碰到那一整片平坦柔软的支撑，就会忍不住伸开四肢，闭上眼睛，轻轻弹动几下身体，内心欢快得想要呻吟起来。一开始只是打算这么多躺几分钟而已，趁着没人的时候。

男孩故意坐在床沿，拿起家居城的宣传册一页一页地翻看，徒劳地想用背脊挡住女孩呼吸起伏的梦境，或者用胸膛挡住人们的视线。她实在是太累了，漫长的上下班路程和加班让她几乎能随时睡着，可是即便睡觉都是和他挤在那个没有窗户的小隔间里，听着隔壁此起彼伏的呼吸。那地方简直就像一个抽屉，连起床都只能从床尾的开口处爬出来。

男孩想象着当女孩自然地醒来，睁开眼睛，还怔忡在梦境和现实的边缘，发现自己不是睡在黑乎乎的抽屉里，而是身处在这样一间卧室里，无论如何这都是一个非常完美的瞬间，仿佛这就是他们的卧室。

事实上谁能说这不是他们的卧室呢？从女孩第一眼爱上这房间，他们每个星期都会按时上这儿来，每个周六以及周日，只要不用加班。甚至每个周五晚上，如果女孩不用被老板叫去陪饭局的话。他们几乎把所有可以自由支配的时间都消磨在这间卧室里了，到今天是第十二个星期，从一件薄毛衣的秋季直到最冷的隆冬，他们已经在这里生活了整整一个季节了！他们开始相信他们确实住在这里，只是呆在家里的时间有些不同罢了，有的人深夜回家，有的人清晨出门，有的人一周在家里睡不足二十个小时，这个城市所有窗户亮起和熄灭的时间都不同。男孩和女孩则是在所有休息日的白天回家而已。

男孩觉得自己心里憋着很久的东西终于变成了怒火，从胸膛一直燎到脑门。他一把攥住女孩的胳膊，把她往回扯。我们现在就回到我们的房间去！他咬牙切齿命令女孩。女孩叫道，你干什么啊你不要命啦？他是神经病啊！

男孩闷声闷气地说，他不是什么神经病，不过就是一个有钱的混蛋！现在人有钱就可以随便发神经！他的气力不是女孩能拉住的，他扭住女孩的手腕，几乎是拖着女孩在往前走，这番气势就像要去把那张大床掀翻，把老人像一只跳蚤似的抖落下来。

女孩呜咽着，我不想去那间房间了，我讨厌那儿了！我们现在就回去……可是男孩黑着脸一味拖着她，虎口捏得她手腕生疼。女孩被一只孩子落下的塑料玩具车绊倒，跌坐在地上，终于呜呜咽咽地哭出声来。女孩央求着，别去了好不好？其实我们谁都惹不起，你要是出了什么事……男孩蹲下来，在女孩面前发狠地揉自己的头发。

一个孩子站在边上看呆了。母亲捡起玩具车，拉着他走开。

男孩就这么蹲在地上问女孩，喂，你说实话，你到底有没有后悔跟了我？

女孩抬起头，止住了哭。

男孩低声说，要是你后悔了，没关系的，真的。……

男孩气势十足地再次走进卧室，可是看见老人，他又不知该怎么说话了。

老人说，你想要我让你们，你倒是给我一个理由呢？老人看着男孩绷着一副装模作样的架势很久，所以想要故意逗逗他，给自己找个乐子。

女孩说，我们走吧，不稀罕这儿。但是男孩站在原地一动不动，咬着嘴唇。他太熟悉这种感觉了，这个世界总是不停地在告诉你，只需要一个正确答案，你就可以得到你想要的生活，可是事实上你用尽全力跟随那些谎言一遍遍像傻瓜似的努力，你头破血流，你受尽凌辱，你明明知道其实无论你说什么做什么，你注定永远两手空空，可是你别无选择，只能往墙上再撞一次，再撞一次。

男孩听到自己迟疑的声音从喉咙深处发出来，我们……今天在民政局领了证，这算不算理由……猛然间他听到女孩的尖叫声，你脑子进水了吗？你干嘛要跟他说这个！

老人心动了一下。记得他和红梅领证是在他们外滩谈对象的一年零三个月后。这个时间长度并没有什么特殊的意义，只不过单位刚好又一轮分房，结了婚没房子的人才有资格申请。结果他们领证后整整六年都荡在马路上，没分到房子，理由是有人跟领导是远房亲戚，有人的舅妈是领导小孩的老师，有人往领导家送了礼，有人会吵会闹。只剩下他，用红梅的话来说就是"没用的男人"，唯一的本事是做"白日梦"，"等到死也分不到一口棺材"。可是红梅骂归骂，吵架的时候永远不会碰的一个词，就是"离婚"。

　　六年后，儿子在防不胜防中到来，大名蒋雷。沾蒋雷的光，他们终于分到了一间石库门房子的前厢房，大小刚够放一张棕绷床。煤卫公用也将就了，关键是居然在远开八只脚的大杨浦。红梅去找领导理论说，路上来回四个钟头，一天上班才几个钟头啊？你们分给他这样的房子，上班时间翻倍，工资打算翻倍吗？

　　男孩说出领证的那句话，就忽然醒觉过来，为什么要把他和女孩之间唯一快乐的秘密告诉一个陌生人呢,难道他在指望一个有钱的混蛋怜悯他们?这可真是一个天大的笑话!他无力地站起来,觉得腿脚发飘。他就像喝醉了酒似的慢慢走开,甚至忘记女孩还站在床边。

这时候,他听到背后的床架猛响了几声,回过头,就看见老人正挣扎着把左腿从右腿下面拿出来,可能盘得久,腿麻了,他重心不稳,差点整个身子都斜在床垫上。老人嚷嚷着,你这个没规矩的小赤佬,你要到哪里去?你倒是过来扶我一把啊!你让我这个样子怎么一个人下来啊?

床终于为这对新人腾出来了。男孩和女孩拿出了照相机和迷你三脚架。自助购物不能带包,这些都是揣在外套的夹层里带进来的。老人坐在电视机前的摇椅上,忍不住嘟哝着,你们干嘛不正经找个照相馆去拍套结婚照啊?没人回答他。他又说,你们喜欢这套摆设,可以全部买回去在家里布置好了再拍嘛！还是没有回应。不过男孩扭头看了他好几回，像是担心他随时会改变主意似的。这让老人也不好意思再问下去了。

老人皱着眉毛看着他们，他想他必须找个机会告诉他们，照相机的镜头和人的眼睛是不一样的。相机不会做梦，它可以诚实地看见衣柜门上的标价牌、床单上的条形码，半透明的裸色灯罩里面其实没有灯泡，薄墙的转弯处根本没有合拢。再加上迷你三脚架的稳定性远不如大三脚架，刚固定好角度，两个人走进取景框里，镜头就已经垂下来。

每到这个时候，老人就忍不住提醒他们，喂，又动掉了，地板上的店名都拍进去了！

几次下来，女孩终于讪讪地走到老人面前，手里拨弄着相机说，大叔，帮我们在这个角度按一张好吗？

老人顺从地接过相机，甚至有几分高兴。等他把取景框搁到自己的眼前，顿时就反客为主开始指挥起这对年轻人了。你把背靠在衣柜的门上,对了,这不就正好把标签遮掉了吗?你害羞什么呀?左手抱住她的腰,不对!从前面抱。肩膀再靠上去一点。老人又让他们在镜子前面拍了一张,男孩从背后抱着女孩,这张难度可真够高的,镜子内外都没有穿帮。

男孩凑过来套近乎说,大叔,你看上去挺像那么回事啊!

老人回答道,我在照相馆干了三十几年呢,你小子遇上我算是额角头碰到天花板了!

女孩挑了挑眉头说,唬人吧,按快门谁还不会啊?说着就夺过相机来查看照片效果,她很快就欢呼起来,捧着相机在原地转了两个圈。这些照片看上去真像在一间真正的新房里拍的!真像他们就好端端生活在上海!这正是女孩想要的照片,他们的计划是拍了照片发给老家的爸妈,告诉他们,这是结婚的新房,孩子们过得很好。

老人禁不住有些得意起来，他又教他们背靠背在墙角摆了个造型，顺便遮掉了能伸进一只手的墙缝。他一边拍一边嚷嚷着，我都要累死了！我这么专业的摄影师可不能白白给你们打工啊！取景框里男孩的表情变得僵硬了。老人连忙补充道，你们可是要请我吃喜酒的啊，你们两个以后要单独敬我一杯！男孩顿时欢笑起来，好，一言为定！

老人真心喜欢照相馆的工作，虽然这种老式国营照相馆，工资也就这样。福利分房的政策取消以后，他曾下决心要攒钱给蒋雷买一套将来结婚的房子。为了这个目标，他开始加夜班，借用单位的暗房冲照片干点私活。钱还没攒到位，单位忽然通知他，照相馆要卖掉了。国退民进，国家支持民营企业家收购国有资产。

领导安抚大家说，照相馆会照常经营，所以对每个职工不会有影响。可是一会儿变了，说是要竞争上岗。一会儿又变了，照相馆彻底歇业，职工回家等待安排。又过了两个月,他骑车去缴有线电视费路过单位门口,发现照相馆已经拆成一片废墟,连带后面的办公室。大家打听下来才知道,原来那家民企根本不是想要经营照相馆,说得好听来,接手亏损企业,为国家分忧,其实要的是这块市中心的地皮。

找领导,一次,两次,领导只会摊开两只手。后来还是他劝大家别去领导那里浪费时间了,瞎子都看得出,这是两厢里串通好了的。结局是民企的老板一人给了他们几万元遣散费,说是从此两不相干。

平时唠叨不停的红梅,这一段时间倒是话特别少,尤其对照相馆和工作之类的话题只字不提。现在家里全靠她一个人早出晚归,在饮食店里煎生煎,下面条。和所有老单位一样,红梅的单位效益也不好。红梅还和他商量过要提早退休,自己做点小生意什么的。自从他失业,这话她也不提了,毕竟儿子还在念大学,她的工作是家里唯一稳定的经济来源。

每天早上醒过来,看见妻子充军一样奔出去上班,自己躺在被子里,连起来穿上衣服的理由都找不到。这要是在不用为生计担忧的情况下,就是皇帝般的日子,反之,则是一种比被人天天打骂还要痛苦千万倍的折磨。老人思前想后,最后决心去做一个上海人打死也不会做的"讨饭"差事,到旅游景点去兜游客拍照。也就是在这个时候,他黑着良心喜欢上了一个安徽女人。

这个女人是推小推车卖茶叶蛋、豆腐干和热玉米的。她教他怎样避开城管,什么时候可以放胆拉生意,什么时候必须立刻扔下一切,逃得比兔子还快。她喜欢听他说"瞎话",经常被他逗得哈哈大笑,一大堆皱纹顿时从眼角一直延伸到鬓角。说实话这个女人的卖相比红梅差多了,可是不知为什么他发了神经。也许是因为他们搭伴去外滩做生意,让他想起当年和红梅恋爱时的感觉，回想起来，那是他最好的时候，一无所有，却满心相信前面有更好的日子在等着他。也许因为他总是有办法逗她开心，对于红梅，他的"瞎话"和小聪明已经被证明对现实生活百无一用。

他在拉生意的空隙，顺便为这个女人拍照，教她对着镜头摆姿势和微笑。他几乎忽略了这"讨饭"差事招来的满街白眼和讪笑，就好像那虚妄的爱情是一剂麻药，让他暂时不再觉得头破血流的疼痛。

红梅终于找到外滩来了。老人知道，红梅要面子，没有一百二十分的道理，她是不会出来丢人现眼的。来的还不是她一个人，还有蒋雷。儿子难过的神情看得他心里发毛。儿子对他说，老爸，我早让你别做这个了。我马上毕业了，我养活你！

直到那天，老人才知道，蒋雷在大学里已经有了女朋友，谈了两年，感情好得不得了。两个人已经决定毕业后走到一起。老人高兴得手舞足蹈,心里暗自嚷嚷着,我有儿媳了!他对儿子说,把她带来给我看看啊!星期天怎么样?我们一起去公园,我来给你们两个好好拍点照。

安家家居城是不允许拍照的,但是恐怕因为这已经是关门歇业前的最后一天了吧,管理员都躲懒去了。偶尔有顾客走进来,看见老人在煞有介事地拍照,还以为是正经的工作,赶紧蹑手蹑脚原路退出去。有的站在边上看热闹,老人就叫道,这是比张艺谋还要红的摄影师在拍照哪!我要收门票的!你们要么快点让开,要么钞票摸出来!

老人指挥男孩和女孩躺到床上,肩并肩看电视的样子,一个喂一个吃饼干的样子,一个枕着另一个的胳膊睡着的样子。有一对穿着皮毛大衣的中年夫妇走进来,在床尾转了两圈,自顾自议论这张床。男人不耐烦,手臂穿过镜头去拿床架上的标价牌。忽然他发现手里拿住的是一本白色的铜版纸宣传册。老人把宣传册塞进他手里，吆喝道，举好了！就这个角度，让光反射到她的脸上，不要再动了！拿稳！快门咔嚓一声轻响，中年男人依然举着手臂惊慌地看着老人，直到老人微微点了点头，他这才放下宣传册，带着女人飞快地消失在门洞后面。女孩在床上一个翻身，大笑起来。她对男孩说，我就说他是一个百分百的神经病啊！男孩也不出声地笑了。

女孩学着老人的口吻对他说，你老婆真是额角头碰到天花板了！你一定给她拍过很多照吧？没有回答。女孩又说，你要回家吃晚饭吗？还是干脆和我们一起吃吧？天快黑了，现在是高峰，你回到家里一定也很晚了。老人依然没作声，像是忽然有些累了。

于是男孩问，大叔，你想吃中餐还是西餐？喝咖啡还是茶？

老人生硬地答道，干什么？

男孩说，请你吃喜酒啊！

家居城有一个快餐吧，咖喱盖饭、上海炒面、海鲜乌冬面、泰式菠萝饭、炸鸡汉堡、挪威三文鱼排等套餐一应俱全，这样穿越欧亚大陆和美洲的菜单，价格自然不菲。唯一讨喜的是饮料，十五元买一杯咖啡、热茶或任何什么冰饮，吧台给一个空的马克杯，就可以自助续杯无限量。男孩和女孩从不舍得在这里吃饭，但是他们会买一杯柠檬红茶一起喝，就着偷偷带进来的饼干，就这么过一整天。

今天男孩几乎是带着小跑往快餐吧那儿去，他很高兴终于有了唯一的宾客。他的同事知道他没钱办酒，都松了一口气，说这才是"双赢"，他不用举债请客，他们也省了红包的钱。男孩知道他以后恐怕都没机会请老人吃喜酒了。而且明天一早，这个家居城连带他们的"新房"都将不复存在。所以，不如就是今天！况且今天在法律上不正是他们结婚的日子吗？

他走了一段，发现女孩也追了上来。上个月他们的租屋涨价，不得不又搬到更远的地方。男孩昨天刚交了新租屋的押金，女孩估计着男孩钱包里的现金不够，所以她揣着信用卡，装着粘他的样子，说是要跟他一起去。

女孩没话找话地说，我怎么总觉得这个大叔这么面熟呢？我们以前在哪儿见过他吗？

男孩捋了一把她的长头发，逗她道，你们两个都是神经兮兮的，所以看着对眼呀！

正如女孩说的，在这个点上，天就开始变暗。商厦下面几个楼层的超市和电脑城依然是人声鼎沸，家居城里的顾客却陆续走空。十几分钟后，走廊里已不再有脚步声。

当天棚上的暖色照明灯全部亮起来的时候，老人从摇椅上醒来，一时间不能确定自己究竟在哪里。他抬起模糊的眼睛，发现自己身处在一间陌生的卧室，四周空荡荡，家里人一个都不在。

恋情败露以后，红梅硬拉着他去办离婚手续。红梅一直说，"离婚"两个字不是在吵架的时候用来吓人的。所以这么多年，她可以把他骂得一钱不值，这两个字一次也没说过，除了这回。走出民政局的大门，把属于他的"绿本"硬塞到他手里，红梅只低声扔给他一句话，老不正经的，你摸摸自己的良心还在不在！

离了婚，两个人还是得一起回家。因为房子就这么一间。也还得住在一起。红梅在房间中央拉起了一个帘子，他睡儿子的小床。有一天晚上，他和那个女人一起荡马路到很晚才分手回家。摸进门睡在小床上，抬头看见天井狭小的天际中有淡淡的清辉，一轮月亮刚好嵌在中间，端圆的轮廓里是竹竿上晾着的袜子、膝盖破洞的棉毛裤，还有一挂咸肉。那一刻他忽然意识到，其实他一直想要摆脱的并不是红梅这个女人，而是自己挣扎了半辈子也没法出头的生活。

蒋雷毕业后没有搬回家住。女朋友不顾家里反对和他领了证,两个人在外面租了房子。小两口来看二老的时候总说过得很好。老人心里明镜似的,孩子们每个月工资才多少呢,能租得起多好的房子?有房租这块开销,哪里还有余力再攒钱买房子?

老人有一阵运气好,"兜"到了公司的生意。他和两个老同事搞了个工作室,起早贪黑,银行卡里的数字更上一层楼。他揣上银行卡,硬是拉着红梅一起去看房子。到中介公司一看,他懵了,几年前存款和房价的距离还是外滩到十六铺,现在已经变成了地球到火星!

这时候传来了这一带石库门要拆迁的消息。转眼间,房产公司就真的来一家家敲门了。起初红梅还揶揄他说,这下好啦,这个房间一换二,你总算有机会跟你的相好一起住了。他倒是早就绝了这个念头,他想的是,如果拆迁的补偿款够买两套房子,一套再小再远也没关系,他只想另一套能尽量体面,贴上所有的存款,让孩子们有个开始生活的基础。如果拆迁的钱只够买一套房子,他也要买一套尽量宽敞些的,至少一室一厅,这样他和红梅住一间,孩子们住一间,将来大不了他们做父母的早点睡进棺材里,也不怕以后孙子孙女大了没地方呆。

想得好好的,房产公司的人过来一谈条件,老人才发觉自己是在做一场春秋大梦。补偿款连半套房子都不够,这让他们以后住到哪里去呢,难道睡大街?公司的口气还特别硬,你们要不要都是这点钱了,不赶紧签合同搬家,耽误了工程进度,这个责任就怕你们承担不起!

这时候,刚好工作室接了一笔生意,一家医疗器械公司到海南开年会,费用给得颇为大方。老人兴冲冲收拾行装就走了,临走关照红梅,什么事情等他回来商量过再决定。

他是在年会的第三天被儿媳一个电话叫回来的。儿媳站在病房门口跟他说话,已然哭得嗓子都哑了。她不停地摘下眼镜擦眼泪,断续地说着,为什么会这样啊?我爸妈都已经同意了啊,下个月我们就要办喜酒了,我们还打算自己包喜糖呢……

老人觉得自己就像在做梦,儿媳的声音听起来越来越不真切。

好半天老人才想起刚才他是打了个盹,拍照累了,坐在摇椅上等着两个陌生人请他吃什么"喜酒",就这么睡过去了。那一对小夫妻应该已经溜走了吧。本来他也没指望他们会请他吃饭的,那两个孩子一看就没什么钱。

死寂的走廊里,听见脚步声慢慢走近。老人想,自己是不是应该站起来避一避。又听见另一阵碎步,女孩抢在前面跑进来。然后男孩出现在门口,手里端着一个托盘,托盘上只有孤零零的一份套餐和一个马克杯。家居城歇业前的最后一天，快餐吧刷卡机的线路都已经先撤了，只收现金，而且菜单上的价格远远超出他的想象。

男孩咬着嘴唇，举着托盘都忘记要放下。他看见老人眼中有什么在闪闪发光，满脸的皱纹都在舒展开来，最后聚拢成一个大大的笑容。然后，这个坏脾气的老人又开始骂人了，这家店差到我都懒得批评他们！你们瞧瞧，每天晚上这个时候，全上海的人都还没开始吃晚饭呢，他们的套餐就全卖光了，给你剩下一份已经算优待你们了！小伙子，你别拉长个脸，你算是运气蛮好的啦！

女孩也像是吵架似的回应道，运气再好也没你好啊，大叔！这家店尽欺负我们这样的，可不敢欺负你！你看，你要上海炒面和大麦茶，他们刚刚好全都有，你说这气人不气人！

男孩自顾自笑了起来，拖过床头柜，把托盘放在老人面前。

老人说喜酒哪有一个人吃的呢？结婚就该热热闹闹的，不怕三个脑袋挤在一起吃。二十多年前还有一桌喜酒上挤了十七个人，大家都一起向左转九十度前胸贴后背，然后向右看齐，统一伸出一只右手臂去夹菜的呢。那个技术难度才叫高！只要后面那个人一筷子没能送到自己嘴里，就会把菜掉在前面那个人的后领子里。

老人把女孩逗得笑个不停。可是男孩注意到老人一直没动筷子，于是他也慢下筷子，从面条缝里把肉丝一条一条挑出来，放到盘子边上靠近老人的那一侧。平时男孩习惯这样为女孩挑肉丝，今天不一样，老人是他们唯一的客人。

老人在女孩的催促下拿起筷子，犹豫了一下，没有夹面前的那一堆肉丝。炒面套餐还包括两碟一元硬币大小的小菜，香菜豆干，雪菜粉皮。老人夹了一块豆干放在嘴里嚼着，忽然叫道，不得了啊，这鲍鱼味道真不错，赛过当年李嘉诚请我吃的那一碟了!

女孩又笑得差点从床沿骨碌到地上去了。她也夹起一片粉皮嚷嚷着,不得了啊,鱼翅啊!阿拉斯加鲨鱼的大鱼翅啊!

男孩笑得筷子都快拿不住了,他干脆从炒面盘子里挑起了一长条黄灿灿的粗面条,可是刚说完"不得了啊",他就瞪着这根面条不知道说什么好了。老人接口说,不得了啊,这么粗的一根金项链!这可真是太阔气了,我们赶紧一人一条戴上拍个照!

炒面吃得七七八八,可是那一杯大麦茶谁都没好意思动。还是男孩捧起马克杯双手递给老人说,大叔,这是我们敬你的喜酒!老人反驳道,这怎么行呢?今晚应该你们两个喝交杯酒!我的嘴唇要是先碰了这个杯子,这算怎么回事呢?可是女孩批评他们说,难得就这饮料有社会主义的优越性,你们还打算替这家居城的老板省钱吗?明天这儿可就关门大吉了，你们再想要无限量续杯都进不来了！

茶已经有点凉了，女孩先喝了一口，摇头说，喊，二十度都不到了。跑去掺了热茶端回来，男孩鉴定道，现在应该有四十度了。不过老人表示，他要喝六十度以上的，不够度数喝着没劲，他的酒量虽然不如年轻那会儿了，可是四十度也太瞧不起他了！男孩说，这可太容易了，你要八十度的都有！今夜大家一定要不醉不归啊！

女孩两只手心捂着热乎乎的杯子。透过门洞，她望见玻璃幕墙上自己的影子，两颊已经红彤彤的，真的像喝了不少酒似的。倒影后面是窗外深不见底的夜色，点缀着绵延不绝的霓虹灯。灯火下，绵延在屋顶之间的行道树就像是狰狞的海洋，正在隆冬的狂风中翻滚咆哮。女孩此刻看不见被那些巨浪遮掩的街道、桥洞和公园，可是她知道，有人会在通宵的KTV门口找到一个能分享少许热空调的位置，有人会在街角找到一个热气井盖取暖，有人在桥洞底下避开寒风，有人在公园里用垫满报纸的废纸箱当卧室……

她以前从来不会留意那些人，即便看见也会故意快步走开。然而不知怎的，最近两年她忽然就有了这个奇怪的癖好，她的眼睛会不由自主地找寻他们，追随他们。有时候她呆呆地站在这些人面前，一看就是很久。这让她想起小时候，她总是不由自主地去看屋后院子里的那口井，站在井沿，埋头凝望那个黑洞，被自己内心的恐惧深深吸引。

女孩奇怪自己怎么会被突如其来的伤感击中，也许是因为这间卧室明天一早就要被拆掉了吧。她说起前些天，她看见了五个孩子冻死在垃圾箱里的新闻。男孩说，那是贵州的事，离这儿远着呢。可是她确信还听说过一个农民工最近冻死在街头。男孩说，那是大连的事情，上海哪儿有这么冷！可是老人偏偏说，前些天就是襄阳路那儿冻死了一个老太太。

男孩的颧骨在面颊上投下一片阴影。有好一阵，他都没有再说话，这个晦气的话题是谁开的头呢！难道大家是真的喝醉了不成？他眺望着玻璃幕墙外灯光绚丽的广阔世界，明亮的高楼和那些造型奇异的楼顶，突然间，他指着最高的那个尖顶大喊一声，喂，今天来到我们婚礼现场的朋友们，请你们为我见证我今天说过的话！老婆，将来我要在那栋楼里买一套房子给你住，我们要布置一个比这儿大一倍的卧室，有一面墙全部做成落地玻璃窗，每天晚上我们就坐在自己的床上，眺望整个上海的夜景！

老人自言自语道，这小子怕是真的喝醉了。

蒋雷五岁的时候说过一句惊人之语，我长大以后要买大房子给爸爸妈妈住！那一天是大年夜，亲戚们围桌吃饭，都笑话这个孩子一定是偷了烧菜的黄酒喝。当老人看到儿子顾长苍白的尸体从冰柜里被拉出来的时候，他想到的竟是这句话。

红梅在病床上唉唉地念着,千不该万不该,我不该让蒋雷陪着我去啊!老人紧攥着老伴的手说,我们的儿子你还不了解,他哪里是你能赶走的呢?那时候我第一天出去"兜"客人,他都一定要陪着,从清早跟到天黑。

老人在海南出差,居委会找红梅去谈拆迁的事情,几个人轮流跟她谈个没完,贼兮兮地不让她走。这时候就听见弄堂的方向一片轰鸣声,孩子们在追逐叫喊,拆房子喽!等蒋雷赶过来,带着红梅离开居委会,赶到自己家门口。房子已经给推倒了大半,一家一当全都压在瓦砾之下。老人知道,没有一百二十分的道理,红梅哪里会去跟人当面理论?争执扭打中,红梅摔在地上,当场就晕了过去。后来,有人说蒋雷是被施工车不小心轧死的,有人说他是被拆房子时掉下来的水泥杆砸死的,有人说他是跟人打架……

红梅没有能够撑过两个星期。幸运的是,她死在铺着白色床单的病床上,头顶是病房白色的屋顶,这使她人生的最后一步还有那么些许安逸的味道。她临走时还关照他,老头子,不要浪费钱买墓地了,活人都没地方住呢。把我们的骨灰撒到黄浦江里,我跟儿子在一起,到那边还能帮他烧烧饭什么的。

儿媳抚摸着儿子的黑白照片说,这事情不能算完。在老人的印象里,儿媳是个纤弱的读书人,少言寡语,和性格温驯的儿子正是一对。这时他才看见她内心不服气的那股劲儿。可是说到底,谁遇到这样的事情能服气呢?儿媳说,蒋雷跟我说过,他会照顾我一辈子,现在我也在这儿跟他说,我一定要还他一个明明白白。

女孩并没有在听男孩的夸口,她只是看着窗外疯狂摇曳的树影。她担心这么大的风,待会这里关门以后,他们该怎么回家。老人也正望着狂风肆虐,但是他看上去一点也不担心。也许他有车正停在商厦的地下车库吧,女孩想。

又喝了几杯火热的大麦茶,气氛总算重新轻快起来。女孩甚至唱起了歌,跟着她想象中液晶屏幕上的杨三十二郎不停地唱,牧马人还在流浪,他追随着迁徙的草场……然后她开始觉得有点头晕,难道六十度的热茶真的会让人喝醉?她平躺在床上,伸开两只手臂,满眼都是天顶上灿烂的灯光。

她听见老人又在疯疯癫癫地絮叨,人这一辈子啊,费劲做什么都是白搭。就像银行里的存款,你一直存数字一直在增加,其实是越存越少。你以为你能活得和别人一样体面,这种愿望只能让你过得更点头哈腰。你曾经相信你一定可以死在那块已经属于你几十年的天花板底下,结果天花板没有,身边的人一个不剩了,最要命的是,你自己居然还活着……

蒋雷和红梅火化之后,房产公司的人急吼吼来找他签合同。居委会的人劝他说,你收下这些钱,租个房子，还能好好过些年。要不然你又没房子又没钱的，以后打算怎么办呢？可是他无论如何都不能签这个字，一落笔，不就等于儿子和老伴都白白走了？

儿媳说要去告状，他送她上了火车之后就再没见过她。他应该拦住她的。儿媳的父母打过他的手机，也是和他一样急得发疯，大堆责难的话，却完全没有找人的头绪。再后来，他想他们即便是想再找他，也没有其他方法了吧。他没有了手机，没有地址。难道要让亲家夫妇在街头露宿的乞丐中一个个辨认？

他的声音如此微弱，在这个世界上如同夜半街头垃圾箱里膝盖相碰的颤抖声。他原本还有很多话必须要说，可是这一切和他的生命一样如同草芥，只能赢得践踏。他想他到底是明白了，百分之九十九的人出生在世上都是为了给别人腾地方的，一辈子挤在阴暗狭小的角落里，翻滚折腾，最后被碾碎丢进下水道，此生永无可能漫步在这个城市的阳光中。

女孩从即将闭拢的眼皮下看见老人在口袋里掏着什么。他好像是掏出了口袋里所有的钞票和硬币，不过也就几十元的样子。他从床头柜上的宣传册里撕下了大红色的一页，折了个三角，包住那些零钱，然后坚决地塞给男孩。女孩不记得老人有没有说过"大吉大利，早生贵子"之类的话。她的意识飘到了高缈的光线里。

等她蓦然醒来的时候，天棚上的灯正一片一片地熄灭，黑暗朝他们这儿移动。女孩意识到，这是管理员正在一路巡视一路关灯。男孩从床沿上站起来对她伸出手，像一个王子对他的公主伸出手，不过等她两脚着地的时候，童话也就结束了。

走出卧室前，男孩忽然在房间里大步转了一圈，果断地拉开衣柜的门，跨了进去。但是衣柜是没有背板的，从另一个角度可以清晰地看见他躲在里面。男孩耸耸肩说,还以为可以在这儿偷偷睡一个晚上呢,可惜找不到地方躲一躲!要不床底下?他刚刚弯腰下去,最邻近的一排顶灯也熄灭了。管理员朝他们走过来,吆喝道,喂,你们两个怎么还在这里?我们十分钟前就已经停止营业了!

女孩拉起男孩飞快地朝还亮着灯的方向跑去,他们熟门熟路地沿着安全梯跑下楼,俯身穿过已经放下一半的金属卷帘门,踏上水泥路。黑夜里冰冷的空气朝他们扑来,还有大街上的汽车喇叭和炫目的灯光。

女孩一边发抖一边说,你神经病啊!还想在那儿过夜!

然后两个抱作一团,笑作一团。

他们沿着商厦的橱窗一路向左走。走过街角,拐弯的时候,女孩忽然看着空无一人的上街沿站住了。她对男孩说,我跟你讲过,我总觉得以前在哪儿看见过那个大叔。我真的看见过!女孩指着上街沿说,就在这儿。我们每个双休日来这儿的时候,好几次我都看见过他。他就坐在这儿,地上,面前放了很大的一张纸,上面写满了毛笔字。他不停地在跟路过的人讲什么,就像他今天这样神经兮兮地讲话,不停地讲,我早该想起来的啊!

女孩站了一会儿,像是要再次确定自己记忆中的场景。她又叫起来,我在地铁里也看见他一次呢!他脖子上挂着一块纸牌子,密密麻麻都是小楷。他一节车厢一节车厢走过来,对着每个人说啊说,一会像是骂人,一会又歇斯底里地哭。

男孩问,你是说那个大叔其实是个要饭的?

女孩生气地纠正道,谁说他是个要饭的!他才不是要饭的呢!

男孩说,就是嘛,能买得起六万元的一张床,还能上街要饭?我看你是眼花了!

卧室先是漆黑一片,渐渐的,又能看清每一件家具的位置。眼睛很容易适应黑暗，况且还有整个城市的夜光透过玻璃幕墙照进来，越过一人高的薄墙，在大床上描出与一间正常卧室迥然不同的光影。

老人从两块薄板之间的缝隙里挤出来，重新走到大床边上，在床沿坐下来。这个世界上人人都有过了不起的理想，像是人人都曾经喝醉了似的，而且醉得不轻。其实挣扎到最后，所有的理想都会落实到一个最具体的愿望，那就是能否体面地死在一张床上。老人心想，刚才他怎么就忘了把这最重要的人生心得告诉那两个孩子了呢？

床头柜上居然还摆着那个马克杯。老人惊喜地笑了起来，拿起这个杯子摸了一遍，就像这是他这一生意外获得的唯一礼物。杯子里居然还剩着大半杯茶水呢。他从口袋里掏出药瓶，就着冷茶把所有的药丸艰难地吞下去，分了好几次才吞完。然后，他用手支撑着身体，在床上平躺下来，他甚至学着女孩的样子伸开两只手臂。

可是并没有什么帮助。

他以为自己会看见周围的薄墙开始长高，合拢，变成他熟悉的天花板，镶着圆形的吊灯，散发着陈旧而温暖的暗黄灯光。他以为老伴会出现在身侧的枕头上，和以往一样把一只手掌垫在脸颊底下，跟他絮叨今天菜场里又有哪几样涨了价。他还希望看见儿子和儿媳敲门进来，就像传说中那样，所有亲人都会从另一个世界过来迎接他。

他想自己恐怕真的是老了，他的眼睛怎么就像照相机的镜头一样诚实！唯一让他觉得安慰的是，再过十几分钟，他一定会沉沉睡去。他确信在那个没有尽头的梦中，他不会再需要一方天花板和一张床。

好运气

第一次来到拉斯维加斯,我就遇到了大麻烦。

这就要说到半年前,公司为了贿赂一批重要客户,订了一个赴美的旅行团,并决定由我陪同。同事们都羡慕我得了好运气,大学毕业进公司没几年,就轮到这样的美差。其实伺候这批肥头大耳的当权者,苦不堪言,当权当的却不是自己的钱,心理最变态。

老板也是知道的，所以上周出发前找我谈心，说，看准了我少年老成，不贪玩，处事理性周全，样貌喜人，英文又好，这才派我担此重任。

又说，让我遇到什么难处，就直接打电话回去给他，不必逐级汇报了。

三天前，旅行团离开圣地亚哥，驱车前往拉斯维加斯。这是旅途的最后一站，我坐在车上，听着一干肥胖的中年男人打着呼噜，对于将要到达的赌城，竟然没有丝毫期许，只是想着早点回上海交差。

车外温度将近四十摄氏度，荒凉到极点的戈壁沙漠。同样的景象持续几小时。忽然一片奇形怪状的瑰丽房屋，像海市蜃楼般，从地平线上浮现出来。

领队安排我们入住威尼斯人酒店，仿文艺复兴式的巨大建筑中央，一条人造运河通过其间。原来的日程是，当天晚上到贝拉吉欧酒店观摩马戏演出，第二天上午购物，下午就离开，直接开回洛杉矶，搭乘返程的航班。

结果，没走成。

刘总看完马戏，就近在贝拉吉欧玩轮盘赌，先赢后输，一夜丢掉六千多美金。李主任玩老虎机，彻夜奋斗，被吃掉了几百张一美金与五美金的钞票。齐书记起初直接回酒店睡觉，到了夜半睡不着，下楼输掉了所有现金，又输掉了信用卡的透支额度，接下来他就再也没睡着过。张副总是最幸运的，他玩牌赢了五百多美金，忽然闹肚子，在洗手间来回跑了一夜，算是保存了胜利果实。

不论怎样，第二天一早，他们谁也不走了。输了的，眼红着急待翻本。赢了的，心痒难捱，想赢更多。领队手足无措。司机干等着。酒店续房。机票只能先挂起，等着改签。

我给老板打电话。

老板说："你是怎么办事的？昨天晚上怎么不跟

紧他们?"

我委屈:"他们看完演出就挥手赶我走,凶得很。我以为不妨碍他们就好,谁知道会出这种事情。"

"不要说了!我不是花钱雇你来跟我顶嘴的!"老板的声音把手机震得发颤,他喘了一口气,"这样……你跟他们去说,回来我安排他们打麻将,保证他们赌得过瘾,想赢多少赢多少。可是人得赶紧给我回来!"

我一个一个去找见他们,一个一个跟他们说,没人听我的。一天,一夜,又一天,安排的三餐都没人来,战线无限期地拉长。

老板筋疲力尽地在电话里说:"你去跟他们说,输了多少,我们公司全额报销。人现在就给我回来!"

说什么都没用,他们已经不是心疼钱。我在边上看得诧异,其实他们不完全在输钱,时赢时输,翻本又再输掉，可是没人停手。这些人前半辈子被制度限制，从没下过赌场，现如今，他们完全疯魔住了，沉溺于这种唯心主义力量主宰的沉浮，一脸的兴奋和迷惑，任谁都不能把他们从赌桌拉开。

现在已经是第三天下午了，我坐在这些人面前，欲哭无泪。再这样下去，我的饭碗是铁定保不住了。经济危机的时候，我再去哪里找工作？

这悲哀的一刻，我想起以前某人说过，人是可怜的动物。我懊恼自己的坏运气，事实上，我也从不奢求好运气，所有那些高高在上，不可确定却又左右我们的东西，都会让我们这些渺小而可怜的人觉得恐惧，觉得恐惧之上的魅力无穷，就像恨不得追逐死亡之火的蛾子们的怪癖。我最好世界上没有运气这回事，一加一等于二。怕只怕人生，根本就是无数运气的总和。

贝拉吉欧的纸牌区，他们今天下午选了这里赌，分坐三张桌前。女发牌员一律越南面孔，短裤制服，眉眼狡黠地拨弄着筹码，等着他们判断，要、双、或不要。

刘总的眼睛开了小差，穿过女发牌员的手肘，看向隔排的后一桌，看了足足五分钟。

一个亚裔女人坐在那桌正中，挂着笑，下巴抬高到俯视的角度，垂着睫毛，等开牌。她锁骨突出，穿着低胸吊带裙，这是拉斯维加斯通行的女人穿着。裙子是橙色的，皮肤是小麦色的，卷发披在肩上，单眼皮，颧骨有点高，出奇的尖下巴，下巴中间有道浅凹。

"你看她，她一直在赢。"

黑杰克的巨幅广告正在她背后，一张爱思，加一张老人头，握在一只幸运的手中。筹码推向女人的面前，她的笑容没有多一点，拨了摆在手边。

"我也看见过她好几次，这些天。"

"她一直在赢，每个地方。"

刘总和李主任这么议论，引得张副总等也凑了过来。

女人又赢了两局,起身收拾筹码。发牌员有些丧气地说:"怎么赢了就不玩了。"女人笑笑,扔给她几个筹码当小费,都是百元美金的黑筹码。然后,竟然向我们这边走来。

"我们认识吗?"女人用英文说,语调老练,笑得很有些挑战意味。

刘总眨巴着眼睛,李主任一脸茫然,他们没有人懂英文,推着我去应答。

我解释说,是他们几次看见你赢钱,很是崇拜。

"是吗?"她的表情没有显出什么得意,"瞪着人看,这样是很不礼貌的。人要不走运,瞪着别人看,也借不来运气。"

我连连道歉,心里郁闷得可以。他们赌钱,我丢工作。他们偷看女人,我来赔罪。

"他们都赌,你不赌吗?"她问我。

我说:"我不但讨厌坏运气,也讨厌好运气。"

"噢,是吗。"她的语气柔和了,"你是中国人吗?"后半句,她改成了标准的普通话。

刘总他们终于听懂了这句,一窝蜂地从我身后涌过来,把我拨拉到后面,围住她,你一言,我一句。美国式社交顿时变成中国式的,在他们的热情面前,女人由尴尬变无奈,他们毕竟头发花白,够做她大叔,还一脸阿谀。不得不随和下来。

女人自己介绍,她叫简。

五分钟后,她指着那些人的鼻子,尖叫起来:"原来你们都是上海来的?我就是上海人啊!长宁区天山路,原来我就住在那里。"笑容这才真正欢喜不已。

"你们都输了是不是?没关系,有我在,我来帮你们。"简改了上海话,依然带着美语利落的腔调,"其实赌博不是完全看运气的,或者说,每种赌博的运气都有规律,这种运气也是可以慢慢掌握的。"

中年男人们跟在她身后,亦步亦趋,听得目不转睛。

"我先来赌,你们看好。"简在每张桌子前看了一会。有一张桌子,庄家连得了两次黑杰克。简就坐下来。接下来她赢了一场,输了两场,又连赢三场。

接下来的五六个小时,简直精彩极了。

正在众人连声叫好时,她停下不赌,另换桌子。她选的总是庄家刚刚大赢过的桌子。她选哪张桌子,从坐下起,庄家必输多赢少,有如赌神驾到。

她先是自己下注,向我们演示,只用两个黑筹码,赢到两千美金。

后面,她就一直坐在刘总身边,替他捉刀下注。不止一个发牌员问:"这是你的女朋友吗?"并暗示刘总说:"男人应该自己做主赌钱。"庄家被简赢得面色难看,恨不得离间他们两个。刘总听不懂英文,哼哼哈哈,这三天来,脸上第一回扬眉吐气。

简赢了就走,绝不恋栈,从纸牌、轮盘赌、老虎机,一种一种赌过来。地点也不断更换。她说这是必须的。从贝拉吉欧酒店出来,一路去了恺撒宫、威尼斯人、金字塔,好像还到过纽约纽约酒店。走到哪里,似乎运气就跟她到哪里。我们一行乖乖跟在后面,看得已经入神,途经的室外气温灼人,或是腿脚酸痛,全然不觉得。

回想起来,她也不是完全不输,只是每输,她必提早放弃,损失不大。而且她总是抬着下颌,挂着笑,胜利地俯视别人。她不露败,别人也不觉得她输,下一局,反倒又输给了她。

她手在赌桌上翻飞,一边用上海话谈笑着,她做的每个选择,原理何在。上海话在这里,真是一种绝妙的秘密语言。我们尽管交谈提问,旁人都不知所谓。

她的讲解的大概要义是,命运在任何地方都无从揣摩,只有在赌场上,它变得最容易理解。它有七成是概率。所以她喜欢赌场,对人生而言,这其实是最安全的地方。只要发牌员不出千,任何赌局都可以计算输面和赢面,然后下注。

这几乎可以成为一项收入稳定的职业。一个受过训练的人,在赌场每夜劳作八小时,根据概率,都能算出他的月薪和年薪。如果,没有特别邪门的好运或坏运。

刘总开始摇头,"简小姐,今天真是多谢你。不过,我这把年纪,看来是学不会这些了。"

"不早了,我们差不多都回去休息吧。"李主任说。

齐书记加了一句:"明天我们还要回洛杉矶呢。"

我以为自己听错了。

张副总背后拍了拍我的肩:"你跟司机说声,明天我们一早走。"

我大喜过望。

一群臃肿的身影摇晃着离开。我依稀听到他们说:

"没意思,想不到原来赌钱是这回事。"

"学不会,你就是输。学会了,这跟上班又有啥差别?还挺辛苦。"

他们一辈子都在做一加一等于二的事业,确实不需要再多一桩。这些钱,他们问谁索要,都比这么赚省力。

我说:"简,你真是我的贵人!"

简笑眯眯地看着我:"你真的不赌?要不要我来帮你?"

这是我在拉斯维加斯的最后一夜,我忽然有些心动。

"你是第一次到这里吧?我劝你赌。"她依然用上海话在说，"根据概率，第一次到拉斯维加斯来的人，总能赢一点钱回去的，只要你赢了以后就收手。"

"你担心什么呢？赢了钱，兑换到现金，你完全能太太平平带回去。这里很多人都带了大把美金回去，没有电影里那种，黑社会来拦着你什么的。"

"难道你就没有什么愿望，特别想实现的那种？想想看，如果今晚鸿运高照，天下掉下来一大笔钱，一夜之间，你朝思暮想了好些年的生活，忽然就不成问题了，十全十美，什么都有了。"

我心跳加速，口干舌燥，脑海里闪过无数美丽的画面，莫名的恐惧也愈盛。

"放心，我会一直坐在你边上，你就按我说的做。你还担心什么？"

我犹豫得想撞墙。

"瞧你这副没用的样子！"简仰面大笑，伸手拉住我的胳膊,手上握力十足,"走,先陪我去喝一杯,好久没有一个上海人陪我说话了。"就近一间酒吧,酒吧外是室内,看上去却是蓝天白云,恒久白昼,偶尔还有阴云飘过,打雷闪电,人造的。在手表指着夜半的时候,尤显诡异。她点了马天尼,我点了威士忌。

"这样,我来给你讲个故事。等故事讲完,你再不决定要不要我帮忙,我可就走了。"

简讲的是她自己的故事,这是我没有料到的。

简,是我大学英文课起的名字。我就是那时候认识陈悦辉的,我念历史系,他念社会学系,学校把这两个系安排在一起上英语公选课。

说起来真是惨淡,二流大学,又是两个非主流的系,课堂里每个人各怀心事,教授老太太也讲得有气无力。我们这一届已经是扩招之后,大家都看到四年后的景象,失业,学也没用。

四级预测的分数出来，老太太那天勃然大怒，拿了改好的考卷，一张一张扔到不及格的学生头上。考卷碰到我额头，我立时翻脸，挥手把卷子打落地上，动作太大，一桌的书本文具哗啦啦全扫落。

我把郁积一股脑发泄出来，指着她骂："你这个老巫婆，你要能包我们找工作买房子，你尽管威风，你什么用也没有威风什么？你还是我们缴学费养着的呢！"

教室哗然。

老太太气得甩手就走，继而众人陆续散去。

一片混乱中，陈悦辉没急着站起来，坐着，弯腰捡起我的鸭蛋考卷，正好飘到他脚下。朝另一边看，又捡起我的笔和一本书。看了看另一本，太远，没捡。他不紧不慢整理自己的东西，走出教室时，把这些顺便捡起的，放在我桌子边。冷冷淡淡的样子。

那时候我们还没说过话。两个月后,我们在校园里牵手走。

他性格中有某种东西,正好熄灭我心里的暴躁和焦虑。他高高瘦瘦,非常静气,内心有主张,把我七零八碎的生活捡起来,随手归整一下,就妥了大半。话很少,有什么要说,顶多是眼睛看着你,看一会又不说了。这副模样很让女人心动。

恋爱以后,我也抱怨过他缺乏热情,每件事情,他都做得理性平稳。包括当初捡起我的书本,他说,真的只是顺便而已。

我吵吵嚷嚷,他欲语还休。我们俩的性格真是够互补。我爸妈很是喜欢他,态度却很犹豫。现在幼儿园交朋友,都要看家境。我和他家境差不多,上海工薪人家,父母没多少积蓄,房子车子要等自己奋斗,这就是零分了。于是每次爸说"很好",妈就反对。妈说"可以考虑",爸就说"不行"。

其实我早决定了,毕业就和他分手。

我焦躁得很。每个人生下来,意识到自己是一个独立的个人,都不会甘愿成为蚁群中的一个黑点,都希望自己有比别人好的人生。小学、中学,我满怀美梦,到了大学,忽然看清,前面就是做一只蚂蚁的命,而且未必还能做得成一只丰衣足食的蚂蚁。

我家有远方亲戚在旧金山。陈悦辉耐心辅导我英文。我申请了几次美国大学的奖学金都失败。干脆决定拿了这里的大学文凭再走,没钱交学费,出去了再说。只有这一条路,似乎还有点石成金的希望。

我问陈悦辉:"你干嘛这么卖力教我学英文?巴不得我离开你啊?"

他答:"教不教,反正你一样要走。"

他就是这么个人。

毕业后,我们租了房子一起住。反正总要分开,能相守的时候就相守。两个相爱的人朝夕相处，快乐就不用提了。美国的入学通知书寄来了，我锁进抽屉里，没告诉他。后来过了期。

陈悦辉在某政府机关工作，他是很讨长辈们喜欢的类型，加上大三大四一直在那儿白干，所以顺利得了美差。稳定，可惜薪水很低。

一对情侣租房子，没法住廉价的合租房，条件已经很差，房租还低不下来。两下一相减，剩下的买菜做饭都紧巴巴。

我想自己也得干些什么。历史系，勉强找了个文秘的工作，薪水比陈悦辉更可怜。

早出，晚归，加班，受气。在菜场，买条鱼都要考虑一下。走过报刊亭，看着那些个时尚杂志犹豫很久，到底是二十元一本。

有一次连着加班两星期，严重睡眠不足，早晨拼命爬起来，痛苦不堪。只想躺下。躺下五分钟，恐惧从四面八方涌来，塞满心中。想到一停下来，下个月开销马上紧张。又想到一辈子就得这样，不能停下来，辛辛苦苦几十年，能买一套自己的房子就阿弥陀佛。一只可怜的蚂蚁，一对可怜的蚂蚁，连自己是谁都来不及想。

明知这样下去，明天赚得也不会比昨天多，无望地拖宕着。发烧请病假的某天，中午陈悦辉不在，一个人摇摇晃晃去吃面，掏出十元钱的时候都恐惧。今天没有赚钱，怎就花钱出去了。

自始至终，陈悦辉都说："累了就休息一阵。喜欢什么就买来。不要省，有我呢。"

明知道他也累得要命，做整个科室的事，还时常陪饭局，陪酒。捧着饭碗战战兢兢，打算熬到头发花白，平安退休。他不是王公富豪，我没法把做他太太当成生计。

偶尔我发痴，路过地铁广告时，指着明星身上的香奈尔裙子说："老公，我也要这条裙子，我穿了一定比她好看。"或者指着杂志旅游版的图片说："老公，我们也去巴厘岛度假吧？"说梦话也过瘾。他了解的,我就是说说,不说话我会疯。

有一天他晚回来。我已经躺在床上看电视。他解着领带,走进卧室,对我说:"我给你买了东西,放在沙发上。你出去看看。"轻描淡写的。

我从床上爬起来,出去到客厅,老大不情愿。

看见一只系着缎带的大盒子,打开来,里面是那条裙子,珍珠饰领,复古旗袍下摆,月色丝绸。我尖叫起来,做梦一样,比在身上,赤脚在房间里跑来跑去。

忽然我的脑袋轰的一下,急忙忙去找标价牌,裙子上没有,我在盒子里衬布里摸来摸去,手抖得像树叶。两千九百五十元,发票飘下来,一把锤子把我的脑壳敲漏了,念头流了一地,空了,冰凉的风灌在里面,像是小时候发现自己闯下大祸。一条没用的裙子,相当于两个人的月薪,屋不租了,饭不吃了,日子不过了吗?欠在他的信用卡里,还清,不知需要几个月。

"你去给我退掉。你去给我退掉!你去给我退掉——"我对着他大喊大叫。

他说:"喜欢就穿吧,我有办法的。"平静得可恨。

"你这是故意气我!你捉弄我!你嫌我说话刺激你,你这是报复我!你神经病,你变态,你是个穷光蛋!"我骂他,用各种难听的词,每骂一句我就自己哭。其实是我内疚得要命。

我拼命敲打沙发。我踢墙壁。我把盒子和裙子扒拉到一边。我威胁说,他再不收起来拿走,我就开窗扔下楼。最后,我抱着膝盖在墙角坐下来,浑身大汗,嗓子哑了,只是流眼泪。他也靠着墙坐下来,坐在地上,松开衬衣领子。

"宝宝,都是我不好。"等一切平息,他这么下结论的时候,眼神认真,只有宽慰我的意思。我几乎又要哭了。

忘记告诉你一个细节,他始终称我"宝宝",

再亲密,他仍然不叫我"老婆"。

夜里,我抱紧他,抱紧他,把身体蜷成一团,想躲进他的身体里。

几周后,我做了一个梦。我梦见陈悦辉把我带到一个酒店。打开房间的门,里面是四十平米的客厅,大理石地面闪着奇异的光,水晶吊灯,四十二英寸的液晶电视屏,豪华音响,遥控窗帘。敞开的卧室,羊毛地毯,按摩浴缸就在卧室另一头。另有两个浴室,巨大的化妆台和金色圆镜,配着又一个液晶电视。可以在里面踱步的衣帽间,灯光均净。卧室的落地窗外,碧蓝的湖水,喷泉刻意贴着玻璃造景,七彩的虹光。

陈悦辉一盏一盏打开灯,一路带我走进去。

在梦里,我猜想那是巴厘岛。结果不是的。你相信梦可以预知将来吗?这是我今天在贝拉吉欧住的房间,一模一样。

当时在梦里面,陈悦辉还是不动声色,我却紧张得要崩溃。他哪来这么多钱？我知道他想对我好。可是他这么做，就好像他切下自己手指，给我当零食嚼。我难受得想要呕吐。我惊叫着从梦里醒来，周身冷汗，大口啜泣。这种过了今天，没有明天的绝望。

我忽然想起，我们俩本来就是没有明天的。留恋也没用，能留住多久？这样下去，我会害死他。我会越来越歇斯底里。他终会因此讨厌我。

不久我到了美国。

旧金山的唐人街低矮逼仄，比不了上海。商铺的门窄得要侧身进。菜市场挂着牌子，偷塑料袋者，一个罚一美元。妓院上方，硕大的招贴画，女人躺着，举起双腿，一双高跟鞋之间写着英文：你见识过天堂吗？

父母为我凑了一点学费。我不是读书的料，几个月后就彻底跟不上了。权且到亲戚的杂货铺打工，唐人街上。满街是身体干缩的老人，走来走去，身体越缩越小。

那段时间，烦躁，失望，觉得眼前一切灰暗无光，换我以前的个性，不知会做出怎样的事情来。我却还算平和地活着。因为陈悦辉。

这是我一直羞于提起的事情。

我非常频繁地想念他。我时常发呆。在转不过身的柜台里，翻检着零碎，从干枯的手里接过硬币，看着一天终了，光的橘色在转角熄灭下去。旁人不知道的，某一刻，我早已不在这里。就像躲在背人处，偷偷打开一个盒子，端详着过去的他。

我微笑，叹息，或者只是安静下来，心随流水打着圈远去。

想起他为我做的，和不为我做的。想着他的若无其事，究竟是用情太深，还是不愿在意呢。想着他眼睛看着我，等他说句什么，偏不说，恨死人了。我就这样靠发呆活下去。

请不要误会，我和陈悦辉不联系了，已经一

年多。

我也没有打算再跟他一起。

这个盒子里存着已死的东西。它们没有风化，减少，消失。恰恰相反，昨天的时间与空间不断延展。我培育它们，纵容它们肆意繁殖，膨胀，侵占一切盒子外的世界。我发现它们虽然短促，其实无穷无尽，也许足够饲养我的一生。

我品尝逝去的恋情，没有伤感，我甚至比恋爱时更心宁神泰。它们现在完完全全属于我了，一笔可观的私有，安全的，不会再有变数。

唐人街的蛛网，闽南话，散发着霉味的门板。几十年后，幸运的话，能平安地老在这里，每天打烊之后，蹒跚着干缩的身体，去菜场，数着硬币讨价还价，捎带偷拿几个塑料袋回家。好歹别人听来，也算是生活在美国了。

我已开始相信，人就是蚂蚁。

六月将要结束的时候，我收到陈悦辉的电子邮件。信里说，希望我还在用这个邮箱。又说，他下月来美国出差，顺道看望我。

车停在杂货铺门口，旧福特。他从驾驶座下来，阳光照得他眯缝起眼睛，难得的局促不安。他说："你请两天假，我开车带你去附近走走。"

我说："陈悦辉，别以为你这样就可以来看我笑话！我要上班，哪里都不去！"

我说："你已经看见我了，现在可以走了。"

我大叫："你装什么好心，你混蛋！"

路人都停下来看，我的表情和声音够惊人。

陈悦辉来看我，其实并不易，本来这次开会轮不到他。是因为他总是包揽所有苦力，领导偏爱他，知道他女友在旧金山，有意犒劳。领导也暗示他，会议不用天天到，抽空探望一下想见的人。陈悦辉想得更周到，美国少出租车，他办了租车，开过来。

他说，这两年攒了一点钱，来之前换了两千美金。不为别的，就为我们开开心心在一起几天，驾车到郊区踏青，吃几回大餐。这样，也算是圆满地分手了。

收拾行李走出杂货店，几个月没离开这小屋子了，站直了，看见街上人来车往，竟然觉得胆怯。亲戚自然是不快。我说，出去几天就回来。得回一个冷哼。

管不了这么多了。

我们去了花街。绣球花丛中，帮忙我们合影的老人长得像马龙·白兰度。渔人码头，慵懒的海狮一群群睡在甲板上，碎金散落在浪花尖。海风的咸味，吹着阳光，温暖抚摸肌肤。晚上，我不想去他开会的酒店，我们驶去郊区，在公路边的乡间旅店住下。

说实话，到美国这么久，除了学校和唐人街，我还没去过任何地方。

第二天，我说很想再走远一些。他研究了地

图,回租车公司续了押金。我们就沿着一号公路往南,沿途是悬崖与大海,一直一直都是碧蓝的海。

我坐在副驾,象征性地替他看地图。他的手在方向盘上,苍白而镇定,每个关节和褶皱我都熟悉,我看着忍不住发呆。他的额发还和以前一样,总是落到眼睛上,脖颈后面有一颗痣。我以前总是气恼他,说爱我,却冷淡平静,难有任何热烈的表示。这一回他为我走了这么远的路,我已满足极了。

记得一晚住在弗雷思科,另一晚在圣巴巴拉。

我们像以前一样做爱,疯狂的,比以前更好。反正是为了圆满的分手。他返程的日子还有几天。我们还有几天。

我们随意停车,在途经的小镇里散步,坐在鲜花盛开的街道上,看人们修剪草坪,遛狗,推着婴儿车。或者停在沙滩边,望不到头的白沙滩。女人们骑单车经过,美丽的胸脯像蝴蝶一样颤动。老人在晒太阳,孩子和狗跟浪花嬉戏。冲浪的少年黑得闪闪发亮。

我们都开玩笑说,这里的小镇最合适私奔。非常安静的生活,极少的人,童话般单栋平房。大片的草场与海洋。而且社区商店和超市什么都有,相当便宜。牛排和三文鱼,十几元美金够吃好几天。恤衫裙装和鞋,几元到几十元都有,各种尺码,连童装也齐全。

要是有一笔钱,逃亡在这里,做点小生意,一辈子不出镇子也没关系。

他的手指在地图上划来划去。我瞟到了一个地名:"我们去拉斯维加斯吧,去碰碰运气,没准我们就有钱私奔了!"

他了解我的个性,总是忽发奇想。拉斯维加斯不在返程的直线上,有点绕路,换了以前,他早就冷静地否决了。结果他纵容了我。

反正是最后一次了,反正我们还有几天。

车窗外是无止境的沙漠,四十几度的空气,伶仃的仙人掌。开了七八个小时,天暗下来,去处还是一道荒漠的地平线。我们反复研究地图,怀疑世上究竟有没有这个城市。

车还在前行。横亘的金色夕阳,勾勒出堆砌的黑云,美,却恐怖,因为天已经快要完全黑了。忽然间,天地交界处浮现几点金色的灯光,随着车子加速向前,很快变作成千上万点,非常广阔的一整片,像金光闪闪的大海,无边无际,比夕阳更壮观。

我还记得当时奇异的心情,我大叫:"老公你看,前面!"

陈悦辉没说话,金色的光芒映照着他的脸,明灭不定。

第一夜住在拉斯维加斯城郊,酒店才二十九美金。第二天一早,我们开车到城中心游览。自由女神,狮身人面,人造绿洲和运河,光怪陆离的建筑都是各酒店的噱头。赌场里昼夜不明，人声鼎沸。

陈悦辉自己没打算赌，他说："宝宝，你去换两百元筹码玩一下，输光我们就回去。"

红筹码，蓝筹码，白筹码。我学着别人玩老虎机，筹码投进去，按下，图案飞快滚动，有时候连成一道，闪动不停。过一会又开始滚动。然后游戏结束了。一个筹码也没吐出来。后来我才知道，当时自己那么傻，赢了的时候，居然不懂得按兑现的键，白白让钱又进入下一轮，输掉为止。

我玩了十几次都输，跺着脚，硬要陈悦辉帮我。陈悦辉拗不过我，坐上来，也输了几局。他凡事脑子清明，渐渐就明白了该怎么玩。再往下，有输有赢，而且运气不坏，老虎机里也吐出了几十美金。

我欢呼雀跃，拉着陈悦辉再去玩纸牌。当然是逼他出马，我在边上胡闹助威，就像以前，我有什么事情做不好，也总是他替我搞定。

发牌员斜着眼笑,看出我们是第一次到这里,十足菜鸟样。陈悦辉并不理,板着脸凝神思考。几局之后,发牌员的手开始迟疑,陈悦辉往椅背上靠,笑笑。我将身子贴上去依偎他,他拍拍我的腰,又专注到牌局。一上午,两百变成了五百。

我们在丹尼斯快餐吃午饭。我兴致勃勃地说:"下午接着干,我们很快就要发财了!"

他皱眉:"不是说好就赌这两百的吗?"

"是呀,可是说好的是输光就回去,现在两百变成五百了呀,要输光这五百才算数!"

他低头吃薯条,不跟我理论了。

吃完饭,他跟我去赌场,他提议去轮盘赌。我知道他一定在想,输掉五百,轮盘赌最快了。一到三十六个沟道,加上两个零位,他说,就押一个号码吧。操作这个台子的越南女人垂着眼皮,拨弄手指。

他说:"宝宝,你选个号码。"

我闭上眼睛，睁开，说："我第一次见你是十九岁，我要十九。"

他推过去两百美金的筹码。小球在轮盘里转动，最后，停下来。

越南女人的眼睛瞪大了，像是不相信发生了什么。她拍着自己的脑门，一大堆筹码被送到我们面前。她礼节性地想要笑，飞快地眨着眼睛，嘴角牵起来，又沮丧地掉下去。

足足七千美金，一赔三十五。

陈悦辉收毕筹码，拉起我就走。我听到两个台子的操作员在议论，另一个越南女人问刚才那个，发生了什么？回答说，居然中了，太不可思议了！懊恼而高声。她们指指点点，都来探着头看我，说，就是她选的号码，那个女孩！

我们一直跑到看不见她们的地方。

陈悦辉说："我们回去吧。"

数了一遍筹码，他看着我。我知道他犹豫了。

七千美金，能做什么呢？既不够我们俩回上海买一套房子，也不够私奔到滨海小镇开家店。它毫无用处。它甚至不能让他在美国跟我多呆几天，一起用完它。

我们很快又返回去，继续赌。一起得到了这笔钱，又没有可能再一起花掉这笔钱了。我们都不言不语，恨不得顷刻输掉它。

事与愿违，轮盘赌押四角赢了两次，押竖行赢了三次。纸牌拿了十七之后，再要，都能刚好二十一点。运气超乎想象。到了傍晚，财产增加到三万美元。

好像有什么，正从我们前两天的梦话里面，一点点现出轮廓，变成真实的画面。

他说晚饭时间到了，强拉我去餐厅。面对面坐下来。我口干舌燥，不是因为需要加冰的可乐。他餐盘里的牛排一口没动。我们对看了五分钟，扔下一桌食物，手拉手一起跑进另一个赌场。

穿过拉斯维加斯最大的花园温室,就到了据说最有格调的赌场,贝拉吉欧的大额赌博区。坐下来一个半小时,陈悦辉又赢了两万美元。他说要起来休息一下,冷静一下。

我们手拉手穿过光芒耀眼的橱窗,芭芭瑞,路易斯威登,爱马仕。我轻呼一声,目光停住了,一双爱马仕的橙色高跟鞋,真是美极了。还在打折,才六百美金。陈悦辉拉着我大步走进去。三分钟不到,我们就买下了这双鞋。我踢掉脚上的旧鞋,踏进新鞋,女王一样走出来。

我们又去了纽约纽约酒店的赌场,苦战了四个小时,赢了一万。

陈悦辉说,必须要早点睡了,太疲劳,头脑会不清楚。睡醒了明天再赢钱。

当晚,我们就从原来的旅店退房,搬进了纽约纽约酒店。当时,贝拉吉欧的普通房就要三百五十美金,威尼斯人两百美金,这里算是便宜,七十五美金。也非常不错了。巨大的客厅和卧室相连,地毯,按摩浴缸在大床边。

两个人一起泡在浴缸里,什么都没有做。空调开了关,关了又开。

我说,我们真的有钱可以私奔了!他在床上翻来覆去。

去美国某个偏僻的小镇,或者回到上海,买间够住三口之家的二手房,开家小店,有份固定的营收。愿意工作也好,不做也好。总之自由自在,不再受别人的气,也不用担心一旦失业,背脊下的床会被搬走。

到了后半夜,我们已经把将来的事情都计划好了。

我说:"我要生七个孩子,像童话里的七个小矮人。"

他说:"罚款不得了,多生一个孩子据说十几万呢。"

"如果生七胞胎不就好了，一次生的，谁也不能罚我们，只能气得干瞪眼。"

"你有这么大本事？"

"这好像应该看男方的家族遗传吧！"

"我们家可没一次生七胎的，你当我是猪啊。"

陈悦辉在黑暗中核算了半晌，说，赢到十万，就应该够了。

十万美金，是我们俩以前十六年的薪水。还得不吃不喝，否则正好是十六年的生活费。有了这笔钱，虽说不能从此游手好闲，至少有了安定的基础。现在已经有了六万，还差四万。

"老婆，我们可以做到的。"他说。

听到"老婆"两个字，我的眼泪流下来，还好他看不见。我把头埋进枕头里，拭去泪水，想着将来我和他的一切美丽画面，不知不觉睡去。

第二天，我们赌得更加有经验。他开始算牌，算概率，尝试各种技巧，当然也赌得更谨慎。他的脸色越来越苍白，手不再安静，下意识地敲打着桌面。每次赢了钱，他的手飞快地伸出去，抚摸推来的筹码。每次输了，筹码被收去，他的手指会莫名地伸缩一下，仿佛想要把钱夺回来，却清醒地克制了。

我在一旁连呼吸都忘了。这丝毫不夸张。有时候一局结束，憋得不行，赶紧深吸一口气。我靠在他身上，感觉他的身体像块木头，每块肌肉都是僵硬的。

输输赢赢，整整十几个小时，算下来才多了一万两千美金。

"老婆，我们可以的，我们还在赢。"他松开领子，靠在沙发上，后脑挨着靠枕。

我在房间里不停地走来走去。

我说："我讨厌这样！坐在赌桌上，不知道下一分钟会发生什么。我受不了了！"

我说:"我怕极了,每一分钟我都怕极了!那些好运气和坏运气,完全不随我们的心意而来,好像不是我们在赌,而是有什么拿我们在做骰子。我很怕前一分钟,我还是世界上最幸福的女人,下一分钟,就什么都没有了。我甚至还来不及惋惜地尖叫一声。"

我问他:"老公,我们就在拉斯维加斯登记结婚好吗?就明天?"

他说:"其实七万美金也差不多了,买二手房是够了。还差一点开店的本钱。我们可以去借。老婆,你说呢?"

天亮的时候,我们整理好行李,打算吃完早点就退房,离开。

时间尚早,自助餐厅非常冷清。我倒了牛奶泡麦圈,放进微波炉。他在冲咖啡。一个金发胖女人快步走进来,足有两百斤,一阵风掀到我们背上。后面跟着她伶仃的女伴。

"噢,整整二十五万美元啊!昨天一晚上!"胖女人用夹子拿甜点,盘子高高堆起来,"谁让你这么早去睡觉的,要不你可以亲眼看见我赢钱,要不,你没准也能赢上五六万……"

女伴往盘子里夹了一块蛋糕,小心翼翼的,不停在眨巴眼睛。

"我已经想好了,"胖女人拉开椅子坐下,惊天动地的,"那个我早想买下的农场,回去我就写支票。我要对老汤姆说,你这狗娘养的,别老是借口买一罐啤酒,就站在超市收银台这边半天不走,趁我转身就拧我的屁股。我不在超市干了!我都站着干了十六年了,我的上帝!"

她很快吃完了整个盘子的东西,站起来有点摇晃。我猜想她也许有糖尿病什么的。女伴扶住她,轻轻摇头:"贝琪亲爱的,这确实是一大笔钱没错。可是那个农场……"

"我只要再赌一上午,再赢上那么一丁点就够了！噢宝贝，为了钱，我都低声下气了半辈子了，谁都有追求自己好日子的权力！来吧！"胖女人用另一只手做了个手势，像是斯巴达的首领召唤他的勇士们那样。

女伴笑着跟她走出去，转眼间消失在赌场闪动的灯光中。陈悦辉把头扭回来，捏了捏随身的现金挎包，又望向赌场的方向。

"还有点时间。"他小声说。

行李已经打包，现在离退房还有几小时，我们有理由再试一小会，不是吗？我们又在纸牌区坐下来。"幸运的先生，你打算押多少？"女发牌员问，在漂亮地洗了一遍牌后，眯缝起她的黑眼睛。

我们输了第一局，第二局，第三局。

换了一个桌子，又输了两局。筹码不多了，我拿着钱包去换。等我回来，他坐在另一张桌子上，停着，等我。先前换的一万美金筹码已经输光。

轮盘赌，重新押了三次"十九"，都谬之千

里。好像魔法忽然消失了。

十一点三刻的时候,我们总共换了四次筹码,每次一万美金,如今只剩下两千在挎包里。还有三万美金的纸币。

"怎么办?"我在他的脸上找答案,"怎么办,老公,我们还走不走?"

他半晌没说话。躲开我的眼睛,侧过脖子,低头看着大理石地面上的可乐污迹。

一支拖把几乎碰到他的脚。黑人弯着腰,穿着他特大号的制服,头发花白,左胸的口袋里有别人塞的小费。看见我们满脸晦气,站在赌场边面面相觑,他只是翻了翻眼睛,匀速拖过去,就好像我们根本不存在一样。

陈悦辉拉着我躲开,皱起眉。他拍了拍我的腰说:"去,帮我再换点筹码来。"

我跑得像一匹好马那样快。我不知道自己能做什么,只有尽力快地跑过去,再跑回来。

晚上九点半,人们涌到外面,到遍布拉斯维加斯的宽大回廊与阳台上,等待城市中央的火山爆发。虚假的声光造就了城市毁灭的假象,夜夜如此。轰鸣声震耳,浓烈的火焰舔着天空,碎石像流星一样四处喷溅。

这时候,我们已输掉最后一个筹码,所有的七万美金。

沿着走廊走回房间。世界毁灭的造景没有让我眨一下眼睛,我恨不得这是真的。

房间里摆着两个人的行李。我听到自己喋喋不休地在说话:"如果我们一早走了就好了……一定是有人盯上我们了,老公,你说是不是我们赢得太多,赌场的人开始跟我们作对?他们都串通好了,要让我们输掉所有的钱。"

我走过去,跪坐在陈悦辉的脚边,枕着他的膝盖。我说:"求求你,求求你跟我说句话吧!你这样一声不吭,我可真的要疯了!"

他靠在沙发里，手支着前额，整个人都佝偻起来。屋子里的灯只打开了半边。

我摇晃他。他抬起脸，不可置信的神情，好像我真的疯了一样。过了一会儿，他问："要我说什么？"声音嘶哑得几乎听不见。

"我们怎么办？老公。明天留下来，还是退房回去？"

"回去？"他无意识地重复着最后一个词，思绪不知在哪里。我听得鼻子发酸，回去，难怪他没法决定，我们能回去哪里？我们已经计划好了二十年的生活，已经说好要七个小孩，已经在前几天，一起经历了前半生中最快乐的时光，我们还回得去吗？

我跳起来，从行李里翻出我的钱包，倒扣在桌上。一些硬币飞蹦着滚到地上去。

一路上，他都没有允许花我的钱。他说他有。我昏乱地数了一下纸币，大约有一千二三百美金。

我说:"我们还有钱,还可以再赌,我们一定会赢的!之前不是才两百元就赢了七万吗?"

他看也没有看这些钱一眼。他轻声说:"我累了,我只想安静想一想。"

我说:"好吧,好吧,好吧。"我拉开窗帘,整个赌城光芒耀眼,触手可及。可怜的十几张钞票散落在桌上,我匆忙抓起几张,好像是五六百的样子,背上装着护照的挎包。我说:"无论如何,我都不相信这个世界会这么对我们!我们还没有输,没有!"

我对陈悦辉说:"老公,你等着我,我一定会带着十万美金回来!"

直到我关上门,他还躬身在沙发上,头埋在两手间,一动不动地沉思默想。也许已经睡着了也说不定。

世界在轰鸣,我仿佛听见闪烁的灯光都在轰鸣。漆黑的天幕,门廊喷着水雾,驱散灼热的空气。人们露天饮酒，谈笑，闲逛，涌进一个个赌场。

我忽然后悔一个人跑出来。一天之间，我对这世界已经充满了恐惧。它怎么可以许诺给我这么好的东西，又顷刻间拿走？以前我只觉得它冷漠无情，现在才知道它喜怒无常。不！我根本没法知道它！这才最让我害怕。

我大口喘气，攥着口袋里的几张纸币。拐进威尼斯人。穿过老虎机的方阵。

一个红发老人坐在角落里，抱着手袋，木然地按键。输了，赢了，她都没有离开的意思，只是不停地填银币进去，让屏幕继续滚动着。桌边的冰可乐，流下来的水淌了一地。

褐发的女孩站在现金柜台前，笑，举着一张老虎机的打印单，也许只有五美元。镁光一闪。瘦高个的男孩长得有点像秀格兰特，他按下快门，快步跑回来亲吻女孩。

我走上一架自动扶梯，走过许多关闭的商场。忽然间，我已经站在一片巨大的回廊之间，四周是幽静的餐厅，头顶晴空万里，天蓝云淡。美丽的情侣露天而坐，彼此轻声谈笑，啜着酒，晒着太阳。

怎么回事，难道一切都是我在做梦？之前是梦，还是现在？

"你是中国人吗？"有人用普通话在提问，不是英语。

我飞快地转过身。一个亚裔老头站在我背后。矮个子，腿特别短，光头，有些驼背，大约有五六十岁。"都是人造的。"他指了指天上，动作有些滑稽，又指了指我，"我知道你是中国人，你别怕，我不是坏人。你是中国哪里的？"

"喃，太巧了，我也是上海的！"他很响地拍了一下手，改了上海话，"老西门，你知道吧？现在那里已经动迁掉了。你是哪个区的？"

他皮肤黑黄，纵横的皱纹更黑，给人肮脏的错觉。模样也很古怪。眼睛眯缝着,像在笑。冗长的法令纹和下垂的嘴角,却有一种悲哀的表情。

他对我说:"你是第一次来这里吗?今晚随便看看还是打算赌钱?这样吧,我带你去赌!根据概率,刚到这里的人总能赢一些钱的。只要你不贪心,赢了以后就收手。"

他说:"你怕什么呢?赢了钱,兑换了现金,你完全可以太太平平带回家去。这里每天都有许多人带着大钱回去。"

我转身要走,他竟然伸手一把抓住我的胳膊。

我愤怒地大喊一声。左近的人都扭头过来看我们。

"嘘,别走,别走。"他松开手,把两只手举起来,讨好地笑。他眨眨眼,一只手指竖在唇边,另一只手伸进自己的裤兜里。我注意到,他穿的是很旧款式的宽松西裤,还是含混不清的颜色。他掏了什么出来,在我眼前一晃,又飞快收回去。

是很大一卷百元美金的大钞,用橡皮筋箍着,估计有一两万。他握着那个东西,手在裤兜里转来转去,压低声音说:"我刚才赢的。"

我冷笑了两声。我赢过比这多得多的钱。

"我知道有人比我赢得多,可是偶尔一次,有什么用呢?他们能保证自己每次都赢吗?我能!我已经在这里赌了二十年了,在后来的十五年,我每年只来一个月,每晚只赢这些,也一定能赢到这些……我也可以教你,教会你!"

这个饶舌的小丑,他看出我心动了。

"唔,我饿了,你陪我吃点东西吧。"他把两只手都插进裤兜里,背过身东张西望,他知道我会跟上去,"妹妹,我琢磨赢钱的方法,足足用了五年,不过我可以在几小时里全部教给你,你立刻可以赢钱,立刻。"

"妹妹"是上海话对小女孩的昵称,无关辈分,我爸这一代常这么说。可是由这个丑老头说来一点不觉得亲切,反而肉麻。

"你要吃什么?"我深吸一口气,努力让自己的声音变得柔和。

"你要吃什么呢?"他迅速扭过头,显然知道我一定会开口。他对我挤着眼笑。

"唔……汉堡吧。"我不想欠他太多情,也不想浪费时间。

汉堡是我自己从柜台拿过来的。雪碧他稍后替我端来,他说,喝啊,喝啊。其实我渴极了,面包裹在嘴里都嚼不开。我嘴唇在吸管上,其实一口没喝到嘴里。趁他去洗手间,我顺手在垃圾箱里倒空了。

这儿谁都不认识我。如果给下了迷药,他扶我走了,没人会拦。

他说,他是1984年从上海出来的,亲戚在美国,给办了出来。原先他还是上海民族乐团的长笛手。反正随便他说了。

"你特别像我以前的老婆,真的特别像!我第一眼看到你的时候,简直就傻了。皮肤白白的,苹果一样的圆脸,笑起来甜得很,还有这个尖下巴。"他的眼睛在皱纹里滚来滚去,带着混浊的烟黄,和一点血丝。"她是唱女高音的,以前。"他使劲盯着我看。

如果有选择,我一定当场给他一个大头耳光,踢翻桌子走人。

"我们离婚了……唉,就是前些年。她吸毒。我实在没办法了。只能给她一大笔钱,一拍两散。"他的光头摇得厉害。

我把吃完的盒子推到一边:"你说教我,让我立刻赢钱,现在可以了吗?"

"好好,待会我就坐在你边上,我让你怎么做,你就怎么做,一定赢的。"他迈着短腿走在我前面,满面春光。

这个丑怪的老头,他只以为我贪小。他不知道今晚我多么需要赢到一笔钱！说实话，我一点也不相信他。要是想赢就赢，他还会是这种邋遢相？可是我没得选，只能赌一赌，也许他是个怪癖的天才也说不定。

午夜之前，我赢了五千美金。他确实有一套。

我坚持用自己的本金。

我尽量表现得不在乎，心却快乐得几乎要跳出来。有希望了！想到几个小时以后，我怀揣大把现金回去给陈悦辉看。想着他如释重负的表情。想着大海，白沙滩，鲜花，小镇，和我们将来的好日子。

"与人生其他的事情相比，赌钱没多少运气可言，概率，概率而已。输赢好猜，人心难测。人生最大的好运气，不是扔出了什么骰子，拿了什么牌，是遇到了什么人。人生最背的运气也是如此。"听着他唠叨，我诺诺点头，心里只想着怎么赢得快一点。

在接下来的两个小时,我们走了大约有十家赌场。他说,一个人想一次赢得多,概率一定不会在一张桌子和一个赌场里。

就像下午我教你们那样,他当时跟我讲了很多原理和技巧。可是,怎可能在几小时学会呢?所以我基本就是一个木偶,他说什么,我做什么。到后来,我已经完全信赖他的判断,连脑子也不过。

筹码在持续增加,有些念头开始啃噬我。到底是越来越大的一笔钱。哪有一个人无条件帮别人赢钱的?他有什么打算。会不会中途提出过分的要求。或者,他早计划好了。我也许根本没机会带着这笔钱,再回到陈悦辉面前了。

我的财产到达了四万。

"今晚差不多了。"他摸了摸光脑门,打了个哈欠。

"不能再赌一会吗?"我想着陈悦辉的话,十万,应该就够了。

老头扬了扬眉毛:"妹妹,不是我不帮你,一个人一夜的运气是有限的。"

他说去喝一杯,休息一下。我只有跟上。

可乐送上来,他两只手在脸上使劲搓了搓,说:"去年有人在上海给我介绍了一个女人,要跟我结婚。很漂亮,就跟你差不多年纪,也是你们长宁区的!"

他举起一根手指,要我引起重视的姿势。然后从裤兜里掏出一个手机,按了一串号码,从对面伸过手来放在我耳边。我什么都没听见。

他又收回去,重新拨了一次。等着。好像接通了,他对着电话里说:"盈盈,你说句上海话给我听。"又把电话伸到我耳边。听见里面有个女人的声音,骂了声"神经病!"

他飞快收回去,对着电话讲:"盈盈,我很想你,你想我吗?"那头的声浪不是想念的口吻,隐约像是声讨。他一边哼哼哈哈,一边挤着眼睛对着我做口型,是在说,你听到了吗?就是她了!

"最近在家里做什么了?你说你多潇洒,也不上班,也不出门。我让你去学学跳舞,你到底学了没有?以后你来了美国,打算怎么帮我去打理马戏团啊?"他放沉声调,提起眉毛,攒足一口气要摆出威严。同时又在对我做口型,大约是说,这个女人就是懒,没得救了。

我沉下脸,也用口型告诉他,到底还赌不赌?

"她喜欢我,喜欢得要命,可是我不怎么中意她。"挂了电话,他还盘桓在这个话题上,边说边上下看我,暗示什么似的。

我装作无意地问:"马戏团怎么回事?"

"噢,一个朋友有个马戏团,想让我去帮手……"说着就不说了。

左右都没有人。黑洞洞的酒吧,就我们两个。他的目光像水蛭一样紧附在我身上。

凌晨两点。我忽然想起网上流传的一个故事。

据说有个女人在试衣间失踪,几年后,亲戚在观摩一个马戏团演出时,看见了她,手脚都没有了,被关在笼子里当怪物展出。

他摸牌的手这么快,会不会在我的可乐里放了什么?他有没有同伙?我故作镇定,其实心里面害怕得想立刻跑出去。这个时候,我就想立刻回到陈悦辉身边,四万就四万了。等我待会回到房间里,就一分钟也不再跟他分开了,这辈子都不分开了。

"你不赌,那我自己去赌了。"我站起来往外走。有这个借口脱身也很好。

老头一溜烟又跟了过来。

这回是我在前面走,他跟在后面。我走得很快,他迈动短腿,居然跟得毫不费力。我回到纽约纽约酒店,从二楼回廊走进去,又是赌场。

他说:"嗯,这儿看起来不错,应该还有赢的空间。"

我又动心了。我相信自己这辈子只赌这一夜。

攒够日后的生活基础。我想为陈悦辉做到十全十美。而且这里人多,离我楼上的房间又近,我不怎么害怕了。

接下来的战果令我惊讶。

一个小时,我就赢了五万。老头也意外地喷着嘴:"运气到了,妹妹,你的运气到了!"大把筹码推过来,他俯身上去,用两只黑乎乎的手又揉又捏,小眼睛里闪闪发亮。然后,意识到失态,坐直,两只手相互搓来搓去。很快,我又赢了五万。

"妹妹,我去给你买饮料来。还是雪碧加冰吧?"他匆匆忙忙地走了。好像看不得这么多筹码,要回避一下。

我有想过趁他走开的时候,收起筹码,偷偷溜掉。不过他回来得太快了。

他举起一个还滴着水珠的大杯递给我,自己手里还握了另一个。喝吧,喝吧,他说。自己已经喝起来。我当着他的面,把筹码收拾起来放进挎包,然后笑眯眯地拿起雪碧的大杯说:"谢谢你啊,还给我买饮料。我要先去一下洗手间,马上回来。"

"我也去。"他还是紧跟在后面。

看我进了女厕,他也进了男厕。

我慢吞吞地在厕所里呆了一会儿,盼着他自己走掉。我也知道这不可能,他一定在门口等着。我打开大杯子的塑料盖,把可疑的雪碧倒进洗手池。杯底还剩不少冰块,走到洗手池的尽头,靠门的地方,有个扔擦手纸的垃圾箱,全倒在那里。然后俯身在水龙头上,我真的渴极了,手捧着,水冰凉沁人,一连喝了十几口。

等我湿着半张脸抬起头,忽然看见镜子里有一双眼睛。

他站在门外等,正好能看见这个角度。垃圾桶,洗手池的这一头,还有摆在台盆边,打开了塑料盖的空杯子。我本来打算,灌上和雪碧一样颜色的自来水再出去。

他的眼睛满是震惊和茫然，法令纹更深了，垂下的嘴角写满了悲哀。

我湿着脸就跑出来。站在他面前，不知道说什么。

他转身就走。走出没多远，他又走回来，仰起头对我说："妹妹，我们以后再不会见了。你不想遇见一个人，就永远不会再遇见的。祝你一直有好运气。"然后他真的走了，朝大厅的另一个方向，走得很快，步子有点踉跄，背很驼。

我站在原地，拂去脸上的水珠，心里像被又脏又湿的纸巾堵满了。

想起竟然不知道他的名字。

站了好一会。有个年轻女人撞了我，风风火火冲进厕所，头发是蓝的，黑背心，左右肩胛上各刺着"鸿""运"两个字，也是蓝的。忽然回到现实，想起包里十四万美金的筹码。想起陈悦辉还在楼上等我。想起唾手可得的幸福。我这辈子一直期望却从来没有得到的,真正无忧无虑的幸福,现在已经握在了手中。

我奔跑起来,向着现金兑换柜台跑去。我觉得所有的笑容,都难以表达此刻的快乐和心满意足。陈悦辉,我在心里叫着他的名字。

现金柜台的职员说,祝贺祝贺,了不起的好运气!他们找来摄影师,给我现场拍了一张照。每个赢了大钱的幸运者,他们都会拍照,然后贴在大堂哪里的"光荣榜"上,留作纪念。我一直在笑。任何人看上去都这么可亲。我拥抱他们每一个。我匆忙跟他们道别。我说,我得赶紧走了,还有人在等我。他一定等急了。

我抱着满是现金的挎包,跑到电梯间。

背后一扇门正好打开,走出一个一百九十公分高的男人,褐色络腮胡,拖着沉重的箱子。他冷冷看了我一眼。我冲进电梯,按下二十二楼。我兀自在里面蹦蹦跳跳。门开了,我正要冲出去,外面进来一个灰发男人，额头凸出，眼睛蓝得像大海。早安，他说。我这才发现还没到。他不再说话，把头顶在金属墙壁上，从反光偷看我。我抱紧了挎包。

电梯继续上升。到了。我一个箭步冲出去。

我气喘吁吁冲到房间门口。刚想按门铃，我真笨，不要吵醒他。挎包里挤满了钱，摸索出房卡。门锁的绿灯亮了。我推开门。

房间里漆黑，窗帘被他拉上了。我好像能听见他平缓的呼吸，睡得很安静。我在黑暗里偷偷地笑。我轻手轻脚摸到客厅的落地灯，小心地扭出一点光亮。沙发上没有他。嗯，一定在床上。我向床边走去，打算把钱全部堆在他枕头边，等他醒来一眼就能看见。

我摸到窗帘，小心地拉开一点。窗外整个城市的灯光正黯淡下去，天在亮起来，晨光从地平线上一点点涌现，世界如此崭新。我欣喜地回过头去。借着窗外的亮光，我看见，床上也是空的。

老公?我叫了一声,我只听见自己的声音。我一下拉开窗帘。

屋里是空的。我打包好的行李还在原地。他的,已经不见了。桌上的钱也没有了,几个硬币还散落在地上。没有字条。

我看了一下手表上的日历。今天是最后一天。

今天傍晚,他参加的会议闭幕。参会人员的飞机将从旧金山起飞。

故事讲完了。简这么说。

有一刹那,她的表情有点不自然,像是电影散场,灯亮起来,观众从位置上站起来的时候。才几秒钟,她忽然又挂起了笑容,仰着尖下巴,比我更笃定地看着我。

"刚才我说的都是瞎编的,你可别信。"她拿起马天尼一饮而尽,挥手买单。

那天晚上,我干了一件很八卦的事情。我去了纽约纽约酒店。

黑暗的大厅刻意设计成纽约街区的感觉。音乐嘈杂。埃及法老、玫瑰花之类的图像不停滚动,无数人在老虎机前奋战。在通往电梯间的墙上,我毫不费力地找到了类似"光荣榜"的区域,不下二十张照片,都是赢了大钱的幸运儿。

苏珊,金发胖妇人,高举粗壮的双臂,像个拳击得胜的运动员。介绍上写着,四十二岁,来自内华达州,社区卖场店员,赢了五十四万多美金,注明的数字精确到个位数。

亚度尼斯,鼻梁杰出的美男子,侧脸对着镜头,腼腆,还有些惶恐不安。三十三岁,来自希腊,二十七万多美金。……

最左侧由下倒数第二排,简,二十六岁,来自中国,十万多美金。

照片上的她,笑得,怎么说呢,真是会令所有人停下脚步。她当时就站在兑换现金的栏杆前,穿着学生气的恤衫,垂着长发,一只手放在心口上,另一只举在发鬓边,让人猜度她是要捂住喜极而泣的脸,还是开心得不知放在哪里好。她当时的脸很甜美,两颊婴儿肥,笑起来像花瓣似的绽开,徒留一个出奇的尖下巴,下巴中间有道浅沟。

她变得很多,但是一定不会错,就是她。这样的下巴很少见。

在快门按下去的一刻,她恰巧闭着眼。这样效果倒是更好。浓密的睫毛垂在两片红晕上,任谁都会联想起"幸福"二字。

这张照,真是做赌场的招牌也好,做拉斯维加斯婚姻登记处的广告也好。酒店估计也是懂得它的出彩,照片都发黄了,还没摘下来。

已经午夜,两个醉汉撞了我。我赶紧回到威尼斯人,锁上门,睡觉。

第二天一早,领队就来敲我们的门,急不可耐。他终于可以回去中国交班。车和司机也在楼下等。偏偏这个时候，齐书记说，他还有些从纽约纽约赢来的筹码，忘了换。

为了防止再生变故，我陪他走一趟。

他去现金柜台，我就站在电梯间边上等。正好又抬头看照片。最左侧由下往上数第二排，没有了，她的照片，取而代之的是一个红发的老妇人。再找，整面墙上都没有。难道是我昨晚看花了眼，还是酒店今早凑巧换掉了？

"早安。"有人在背后对我说话。我飞快地回过头。一个灰发的年轻男人，眼睛蓝得像海水。他指着那些照片说："真是些幸运的家伙呢！那个，好像长得跟你很像，是你吗？"

"我吗？"浏览了一遍，哪张像我。

"你不打算试试运气吗？"我再次回头，背后换成了一个黄皮肤的小老头，笑眯眯的眼睛，嘴角却耷拉着，看上去有种奇异的悲哀。

"祝你好运！"他对我摆了摆手，走开了。

之后,我们一行终于坐上车,顺利从拉斯维加斯出发。

在车上,齐书记忽然说:"我原先有个部下,本来公务员做得好好的。几年前,他说要到旧金山去看他女朋友。这女朋友我以前还见过,人挺漂亮。结果,他这一走就没再回来,你们说怪不怪?也不知道两个人现在去了哪里。"

我忍不住问:"齐书记,昨天下午的那个女人,您以前见过她吗?"

"哪个女人?哪有什么女人?"他惊讶地看着我,好像我是个疯子。

我闭上嘴。

过了一会儿,我打开手机看记事本。

想着回到上海以后,要先写一份报告,重点强调自己的危机处理能力。当然是写给主管,不再有权力直接向老板汇报。想着又要赶地铁,打卡,从早忙到晚,周而复始。想着中午糟糕的盒饭,盼着换一家。这家饭太硬,菜太咸,肉丸里面粉掺得太离谱。

几个小时后,中年男人的呼噜声此起彼伏。车一直飞驰在公路上,四周只有荒漠,一成不变的荒漠。就好像那个城市,从来没有存在过。

点火

星期二,他离开办公室的时候,下班高峰已经过去。五个内部会议,两次国际电话,加上跟三个不得力的下属谈话,这些垃圾在他脑袋里晃荡。他的车钥匙在丰田的仪表盘前晃荡。他的胃在空空如也的腹腔里晃荡。

从恒隆回虹桥,遍地是餐厅的霓虹灯,他庆幸可以漠视它们的喧哗,肚子是空的,脑袋里却实在装不下更多东西了。他开进地下停车场，熄了火。在电梯里他听到胃响了一声，很清晰。他抻了一下西装的前襟，略微抬起下巴，然后他扭过头，尽量不看镜子里的自己。

他让自己想那些饺子。她在厨房煮的时候，他有时候会偷偷走进去看。速冻饺子扔进开水里，每个都会引起小小的巨响，她扔一个就缩一下手。这让他想起儿时过春节，点小鞭炮，每扔出一个，就飞快往后躲。也许今晚还有番茄炒蛋，他记得昨晚下楼拿啤酒，看见冰箱里除了新买的牛奶，还有两只番茄，包在贴着标价的保鲜膜里。

推开门，复式公寓。底楼厨房的灯亮着，客厅却暗着，电视也没有开。她躺在沙发上睡着了，套装别扭地裹在身上，手提包和她挤在一起。

她睁开眼，有些惊恐地辨认他。很快彻底醒了，坐起来，揉着头发说："煤气灶坏了。"

"怎么会的？"他把肩上的皮包扔在地上，自己也坐到沙发上。

"回来就这样了,光点火,就是烧不起来。"

"怎么会的。"他皱起眉毛,只是皱起眉毛而已。

她推了他一把:"你去看看呀。"

他慢吞吞站起来,左右看了一下,迷失方向一样。她拉着他往厨房走,走到煤气灶边,她往后退,倚在微波炉边看着他。他伸出手指,犹豫地捏住旋钮,没扭动。

"按下去再转,对,就是像这样。"她看着他。

旋钮在他手里发出清脆的一响,火星闪了,又灭了,围着圈的蓝色火苗没有蹿起来。又试了一遍。第三遍时,他用了一点力。还是只有火星。

"哪里出了问题?"她问他。

他忽然有些恼火,为什么要问他?"我怎么知道!"他硬邦邦地说。他还在站在煤气灶前,上下打量，沉思了一番。他克制自己没有再试，他觉得在她面前怎么也点不上火，是件丢脸的事情。

他走出厨房，打开客厅的灯，顺着墙在找什么。她跟在他背后。他摸到楼梯下的一个门把手，用力，矮门开了，一股铁锈和灰尘混合的气味。是个储藏柜。柜子里横着煤气开关，紧贴管道，下方是一只新秀丽中号行李箱，墨绿色，顶部都是开关落下的锈屑。他骂骂咧咧，抓起箱子的把手，单手拉出来，面朝下扔在地上。

她忽然觉得，是她被他提起头发，拉出来，扔出门去。而且完全不顾她摔得很难看。

怎么会忘了有这个柜子呢？她问自己，真是件奇怪的事情，何况那还是她的箱子，她自己放进去的。搬来这里的前两个月，这只箱子放在楼上的衣帽间，那里足够大。后来不知怎的就找到这个柜子，放进这里。然后她就忘了，连同这个柜子。她每周还打扫整套公寓来着。

扔出箱子,他有足够的空间可以扳动开关了。两手抓住红色圆环,憋足一口气,往左。开关松动了。"愣着干什么?还不赶紧去厨房试!"他喊她。

她板着脸走去厨房。

他往左拧到不能再动的位置,说:"好了,点吧。"

"还是不行。"她的声音传过来。

他向右拧到不能再动的位置,说:"再试一下?"

"点不着!"

"好吧。"他在腿上擦了擦手,意识到这是西装裤,低骂一声,往卫生间去。"看来不是总开关的问题。"他自言自语。本来就不可能是总开关的问题,她总不见得每天半夜起床关上那个吧?他只是想显得自己在做什么。

等她从厨房出来,看见柜子的门依然开着,箱子还躺在地上。他从卫生间出来,拿着毛巾擦手。

看见她,他耸耸肩说:"我真的没办法了。"

她说:"总得想办法修好吧?"

"我没办法了。"他把脱下的西装外套扔在沙发座椅上,呼出一口气,重重坐下,占了沙发的另一侧。

她饿了,下班前就饿了。靠在沙发上睡着前,她就是打算在厨房弄些什么吃的,结果点不上火,好像这套公寓不再回应她的需要。现在她更强烈地感觉到这一点。她抱着胳膊,叉开两条腿站在他面前,裙子勒着她的大腿,套装外套勒着她的背。她提高嗓门说:"你坐在我的手提包上了。"

他抬了抬眼皮,用一只手把靠在背后的手提包挖出来,没有收起西装,没有给她留出并排坐下的地方。她打算就这么站着,在他没有给她留出地方之前,她不会替他收拾起西装,主动坐在他身边。

"我们得把煤气灶修好!"她这么宣布,站着没动。他拿起遥控器,信号也许是穿过了她的胳肢窝,或者大腿中间,总之,电视在她背后亮起来了。

她又站得离他近了一步:"你听见没有,我们得把煤气灶修好!"她感觉到电视频道在她背后飞快地转换。随着她在他面前移动,他的脖子向左、向右,绕开她的遮挡,只有这些细小的动作证明她不是透明的。

"你不打算修了是不是?让它这么坏着?永远这么坏着?"她觉得脑袋里有个螺丝卡住了,齿轮转不过去,正在一次次撞,朝一个方向撞。

"我说,给我做点吃的好吗?我快饿死了。"他终于说话了。他语气温和而恳切,假装刚才什么都没有发生。

"怎么做?煤气灶坏了!"齿轮还卡在那个地方。

"也许,可以用微波炉什么的?"

"我没这个本事。"

他叹了口气。她看到他叹了口气，抢着说："所以要把煤气灶修好呀！"

他说："不谈这个了，我们出去吃吧。我饿得血糖都低了。"他是个离过婚的男人，知道跟女人讨论问题，就等于跟自己过不去。他关上电视，飞快地站起来，穿上西装，从皮包里拿出钱包和钥匙。他看见她还站着不动，两手从背后揽住她僵硬的肩膀，推着她走。

关上客厅的吊灯之前，她指着那盏灯说："吊灯也坏了，跟你说了不知多少次了，你就是不管。"是一盏花瓣形状的古铜色吊灯，六片花瓣里镶着六个灯泡，两个灯泡不再亮了。

"让它去吧，反正坏了也没什么影响。"

他关上灯，打开房门前，她又抢先说："门链也坏了。"从几个月前，他们就不用先打开门链，再开房门了。她曾经很喜欢这条黄铜门链，像古老的旅店那样。

"我说过了。让它去,反正没什么影响。"他有些不耐烦。

他让她走在前面,自己走在后面,以免她又生出什么枝节来。在之前很长一段日子里,都是他走在前面,她跟在后面,典型中国式的老夫老妻。今天这么一来,她感觉好像他正在送她出门,像两个礼貌而生疏的人。

车绕过公寓门前,开上另一条岔路。没等她开口,就选定了一家餐厅,停车。

这是一家新开没多久的餐厅。门口的花篮凋谢了大半。水族箱里没几条鱼。簇新的领位台,四个穿着高领旗袍的年轻女人,开叉到腿跟,互相说笑嬉闹着。

他翻了翻菜单,递给她。当班经理马上转到她身边,手上拿着点菜卡纸,问:"今晚想吃点什么,姐?"

她被这甜腻的男声叫得有点难受,手在菜单上翻不动了。经理是个小巧的男人,头发乱蓬蓬的,白衬衣的领子里露出微凸的锁骨。细眉小眼,眼睛不安地左顾右盼,看见她侧过脸来,他刻意摆出一脸热忱。

"你们做的是什么菜式?"她问。

"姐,我们这儿是正宗的本帮菜,不过您爱吃湘菜、川菜、杭州菜、东北菜什么的,我们这儿也都能做。"他的脖子随着说话左右扭动,好像每说一句都是用了真正的力气。

她只能故意不看他,低头看菜单:"太晚了,我们就吃一点点心。"她把菜单翻到最后一页:"菜肉大馄饨……"

"馄饨,今天已经卖完了。"

"雪菜肉丝面……"

"面也没有了,姐,您看要不要来一斤虾?"

她有点恨这个经理,奸诈都写在脸上。她宁愿面对冰冻的饺子,出了办公室,她不再想跟任何人用脑子。她喜欢煤气灶上蓝色火苗的呼之即来,当然这是今天以前的事情。她喜欢饺子扔进开水里那一声热烈的响。她喜欢他埋头吃饺子的样子,她喂饱了他,他满意甚至有点感激地推开盘子,陷进沙发看电视。

他坐在对面打断了他们。"算了,我来点吧。"她看着他把菜单拿过去,经理立刻转到对面去,弯腰躬背地,做好记录的姿势。

他指着菜单一个个往下点:"糟黄鱼、南瓜百合、糖糯莲藕、鸭舌头。"

他停顿了一下。"四个凉菜呐,先生。"经理扭头瞟了她一眼,眉毛动了动。她觉得这是示威的表现。

"红烧肉、油焖笋……"

"我们吃得了那么多吗?"这次是她打断了他。她瞪着他,指甲在桌布上划来划去。

他抬起眼睛，完全不理解她为什么生气。他很温和地对她说："平时每天饺子饺子的，今天正好有机会吃得好一点。我可是真的饿坏了。"

"你们要不要来条鱼？活的鱼？"

"你刚才说你们还有虾？"他合拢两只手掌，居然也很温和地对经理说话。

"是……当然。"

"可是我看不出来这儿哪里养着虾呀？"他从鼻孔里笑了一声。

"您放心，只要您想吃虾，我们就能办妥，一定是最新鲜的。"

"那好吧，油爆虾，半斤就够了。快点。"

经理走了，桌上忽然静下来。他低头看着自己的手指，把手指交叉起来，捏紧，又松开。几分钟后，他站起身朝门口走去。她看着他。他从报架上挑了两本报纸走回来，坐下翻看。她也站起来，朝报架走去，上下打量。小格里插着很多广告明信片,她咬着指甲,随手抽了五六张,走回位置。

她把其中一张一直推到他眼睛下,盖住他正看的某块报纸。明信片上印着四季酒店的标志。"你看,我要不要去上个厨艺班?"她问,她觉得自己的语调听上去像是在挖苦他。

他没抬头,喉咙里发出两个音节:"不用。"

"你刚才不是说,每天饺子饺子的,想吃得好一点?"她压低了声音,弓起背,手指敲了敲他面前的报纸,"你不喜欢吃,完全可以早说!"

"我没说。"他抬起头,目光有点茫然,随即改口说,"是的,可以吃得好一点。你不用自己做,可以请个保姆嘛。"

"保姆?"她瞪着他,他又把脑袋沉到报纸里。

"嘿!"她说,"你请还是我请?挑一个合适的保姆有多麻烦,管理一个人有多麻烦,尤其是没文化的,你知道吗?"

他知道，可是他说："有什么麻烦的？你在公司不是管着十几号人吗，你学的又是工商管理，把这套用在保姆身上还不是绰绰有余？"

"买菜你也让她去吗？"

"挺好的。"

"她买了不干净的原料，或者乱算钱呢？"

"你就让她去嘛。"

"保姆什么时候来？我们下班都没个准，至少，谁给她开门？"

"你把钥匙交给她嘛。"他依然在看报，声音轻飘飘的，像梦话。

"把钥匙交给陌生人，你能放心吗？"

"我无所谓。"

她觉得有什么噎在喉咙里，说不出话来。她深吸一口气，他没有注意到他们的谈话中止了，或许他根本忘了她坐在对面。她又深吸了一口气，用指关节敲了敲桌子，像在办公室跟下属开会时那样：

"我想过了。我不喜欢保姆。我不喜欢公寓里有另外一个不相干的人。我不喜欢下班了还要跟保姆斗智斗勇。我不喜欢把钥匙交给一个陌生人。"

他没有反应。

"再说,我们怎么请保姆呢?我们的煤气灶是坏的。"

他依然无动于衷。

"你听见没有!我们得先把煤气灶修好!"她觉得那个齿轮在太阳穴上来回敲击,就是转不过去。

"你不要再烦我了好不好!"他猛地一挥手。刚才有什么碰在手背上,他猜想是她拿着明信片敲他的手背,其实只是一本报纸的角落被风吹起来。他的手碰倒了茶水。她抱着手提包跳起来。他也迅速地站起来,拎着湿淋淋的报纸。

这时候,菜上来了。传菜员端着托盘站在一边。经理忙乱地擦着桌椅上的水,敏捷而滑稽。拖把碰到了她的丝袜,她没有生气,还有什么可以让她生气呢。

冷盆看上去蜡块一样,吃到嘴里,她才明白自己饿了。过一会,热腾腾的红烧肉和油焖笋也上来了。他夹给她。他们就埋头吃着。很久都没有说一句话。

他经历了一次失败的婚姻,从北京调任上海。她经历了两次失败的同居,一个人住了两年。他们讨厌每天透过霓虹灯和玻璃,判断哪家餐厅美味公道。他们讨厌在饥肠辘辘的时候找车位停车。还有,他们讨厌一个人坐在偌大的餐桌前,接受服务生刻意亲切的眼神。他们也讨厌参加附近办公楼的"饭搭子团",陌生人,还总得相互说些应酬的话。然而两者他们必选其一。那时候他们还没认识。

"饭搭子团"聚得快,散得更快,人人都找到了一起吃饭的人,最后就剩下他们两个。他上班在恒隆。她在梅龙镇广场。

他们在下班前约好时间一起吃饭，去过锦亭、彩蝶轩、新元素，试过大食代里几乎每家的味道，去过江宁路附近的永和豆浆、桂林米粉、佳比馒头、老鸭粉丝，还在吴江路美食街上排队买过生煎馒头。吃得饱到不担心半夜饿，最后各付各的，分头开车回家。

后来她的办公室搬到了瑞安广场。他不想换人一起吃饭。她也不想。淮海路与南京路之间实在太堵，他建议说，可以到他和她家中间的什么地方吃饭。他住虹桥。她住南丹路。其实不远。

他们在味千拉面固定出入几个月之久。某天她收到一个邮件，她说可以把图片发给他看，太恶心了。她说，总之再也不去那个地方了。他们有过更满意的据点，是一家广式茶餐厅。他们一直吃到它关门歇业的那天。他们有一阵每天到同一家湘菜馆去吃烤鱼。之后不知道是他说吃多了致癌，还是她说，衣柜里所有的衣服都有那种味道了。他们热爱过本帮菜的红烧肉，入夏的一个阶段，两个人各自发现夏装的裤腰紧了。有家川菜馆搞了三个月的特价，麻辣鱼片三十八元一大盆。他们连吃了两个月，口舌生疮才作罢。他们很偶然地试过一家火锅店，正好是买一百送五十的活动，他们得了五十元券。又得了五十元，每次去都为了前一个五十元。终于他们放弃了第六次获得的券。

他们经常跟服务生和经理什么的吵架。有一次，肥牛锅仔里的金针菇比话梅还酸。有一次，他们眼睁睁看着上错了菜，松仁玉米那桌都吃了两筷子了，服务生又给端过来。有一次，清蒸的鲫鱼自己改了红烧，而且咸极了，隐隐有变质的气味。每次总是一个人脾气火爆，另一个反常地温和，不是她，就是他。

她嫌他总是点菜过量。眼睛大，肚子小。晚上吃得太多没好处，影响睡眠。桌上吃不完，她又觉得浪费，还是吃得过量。除了某一回，他们去一家泰国餐厅。他点了一份美极大虾，五十八元，结果上来一个大盘子，里面孤零零六只开片油炸的基围虾。

他嫌她吃饭太挑剔。对着灯光看骨瓷碗碟，像个鉴赏家，看到一点沉淀和斑点就要求换。她从不吃起酥的点心和甜品，说是有反式脂肪酸。她总是对服务生反复地强调，你跟厨师说，不要放味精，千万不要放，我吃了以后晚上就一直想喝水，怎么喝都渴。还有，要是有服务生惹她讨厌了，这辈子都别想劝她再进这家餐厅。

现在他们又一起坐在餐厅里吃饭。在少许谦让之后，他们依然吃得沉默而迅速，暗自较劲，就像以前。以前的规则是，饭钱平摊，饱饿勿论，谁让谁吃亏。

她忽然有一种错觉，吃完饭以后，他们将各自打开钱包，分摊这餐的费用。然后互道晚安。他开他的丰田回去,她开她的尼桑回去,回去不同的地方。唯一不同的是,这次她得抽两个小时的时间,把公寓里属于她的东西塞进那只中号箱子,再打开后车盖,放进去。这设想起来并不比煮一包速冻饺子更难。这个想法让她害怕。

"真是的,我们应该尽快把煤气灶修好。"她自言自语。

"唔。"他含着一嘴食物,居然抬头应了一声。

她忘记了,以前他是好声好气跟她说话的,对一位陌生的、堪称吃饭伴侣的女士。

她放下筷子,手从耳朵后面滑过去,直到她的后脑完全支撑在手臂上。她靠了一会,她觉得累坏了。"你可不可以想想办法,想想怎么修好它?"她听见自己的声音吓了一跳,又细又弱,带着哭腔似的。

他放下筷子,打了个哈欠,两只手的大拇指揉着太阳穴。他说:"我都快睡着了,天哪,非得今天讨论吗?"

她点点头,又郑重地点点头。她问:"怎么办呢?你说怎么办呢?"

他们之前最后一次在外面吃饭,是在一家东北餐厅。他那天到郊区跑了个来回,累得吃不下东西。他说,吃饺子吧,快一点。她说,好,正好也想早点回去睡。

她的位置在厨房边上,扭头能看见门背后下饺子的锅。她推了推他,说,饺子不是他们自家包的,是超市里买来速冻的。饺子端上来,四五个是破的。她说,她要是自己下,肯定比这强。

他说,听说速冻饺子是所有速冻食品中最不像"尸体"的。他吃了一个,觉得味道不错。她也觉得还行。他说,不如下次你到我家下饺子得了。饺子我来买。

她到他家煮了饺子。两个人吃得又饱又安宁。

她喜欢煮饺子的过程，简单有序，一切尽在掌握。虽然她有点畏惧饺子扔进开水的一刹那。她喜欢那个煤气灶，全进口的西式煤气灶，点火轻巧，架子纤细高挑，灶眼舒展，像是女人中的芭蕾舞演员。

她还喜欢他这套公寓，复式的单身公寓，楼下是厨房、客卫、高敞的客厅、液晶电视和一个靠窗的电脑桌，楼上是安逸的卧室、带浴缸的主卫和宽大明亮的衣帽间。每个家具、家电、窗帘的细节设计都非常别致，甚至包括客卫的一个毛巾架、一只装洗漱用具的分类盒。她曾经想，她幸亏有这样的机会看见他的内心世界。这个男人竟然是很有品位的，内心静谧深沉，对生活又懂得细心咀嚼。他原来并不像平时看起来那么蠢。

那个晚上，她还看见了他皱巴巴的床单、团在一起扔到衣帽间凳子下的脏衬衣、主卫地砖上的泥脚印。她忽然很心疼他，看起来他近来有些颓废，他需要有个人来关心才是。

他们的饭搭地点从此转入他的公寓。尽管两个收入都是四位数的家伙,每天晚上吃二十四元的一包饺子,这听上去有点蠢。

她下饺子,他们天亮才分手。她赶回自己公寓换装,然后才去公司。双休除外。他们从来不在双休一起吃饭,这是延续了以前办公室附近"饭搭子团"的习惯。直到有一个周六下午,他打电话来说:"我刚去了一趟家乐福,买了十四盒饺子,塞满了冰箱……你就住到我这儿来下饺子吧。"

"见鬼的煤气灶。"她又咬着指甲。

"你可以找一下煤气灶的保修厂家,上网查一查,很容易的。"他放下筷子,打了个饱嗝。他想尽快地完成什么,然后回去睡觉。

她很高兴他开始讨论这个问题,她说:"这个煤气灶恐怕很难找到保修单位了,就算在国外的网站上找到了,他们也没法过来修。"

"怎么会这样的……"他皱起眉毛,手指有节奏地敲打着桌子,看上去不是焦虑,只是无聊。

"这是一只全进口的煤气灶。"她解释说。

"啊,真糟糕。要不你找物业看看?"

"物业不知道有我这个人存在。先生。"

"物业也不知道有我存在,我上班太早,下班太晚。"他笑笑岔开话题。

"那现在怎么办呢?"她觉得自己已经没力气再问下去。

"我们还是在外面吃吧。"他摸了摸下巴。

事实上他不喜欢自己这个建议。很长一段日子了,他们再也没有换过地点,客厅里的饺子是他们吃过的最久的东西。这段日子匀实平坦,像一条无止境的路,如果没有什么原因让他们踩下刹车,也许会永远开下去也说不定。

"煤气灶会不会永远也修不好了?"她叹了口气。

他忽然有些辛酸,他想安慰她。

"也许……我可以问一下房东。可是,"可是他想起来了,"这套公寓是公司替我租的,我不认识房东。而且这里可能再过两个月就要到期了,然后公司会给我安排其他公寓。你知道,我太忙了,这些都是他们替我安排的。我自己没法办妥这些麻烦事。"说完这些以后,他觉得气喘吁吁。他觉得他活得气喘吁吁,像个傻子。

传菜员端着托盘过来了,走得畏畏缩缩。经理张着嘴,做着让她快点上前来的手势。"先生,你们的菜齐了。"经理小心翼翼在桌子中间摆下一个盘子,对右侧的他笑,对左侧的她笑,笑得一张小脸都皱起来了。

盘子里金灿灿的,是干煎带鱼。

"我点的不是油爆虾吗?"他猛地拍了一下桌子,盘子在上面嗡嗡作响。

"是这样的,我们的采购员看见带鱼更新鲜,就替你们买了这种。带鱼的营养不比油爆虾差,而且这道菜是我们餐厅的特色。你们喜欢油爆虾,可以明天再过来品尝,就是要稍微早一些来,否则菜场都关门了。"经理流利地说了一大堆,脖子扭动得厉害,他说完之后,脖子还惯性地扭了几下。然后闭上嘴,眨巴着眼睛。

他站起来,没说一句话,抬手掀翻了桌子。桌布和着金灿灿的、洁白的、绛红的什么,一瞬间变成一团废墟。

回到公寓,黄铜门链还是断的,客厅吊灯的六分之二还是暗着的。反正两个月以后,他们就要离开这里。也许她会更早些。

他坐在沙发上按着遥控器,电视频道飞快地切换,比镜头本身还快。

她问:"你要不要我去参加厨艺班?"

他的喉咙里发出几个奇怪的音节,然后从她身边站起来,到厨房倒水喝。他想走到书架那里,不小心绊到了她的箱子,发出沉闷的声响,然后膝盖又撞到了打开的柜门上。她听见他又使劲踢了什么一脚,闷响一声之后,发出畅快的喘息。

他从书架上找到了安眠药的瓶子,吞了两颗,咕咚咕咚地喝了大半杯冰水。他走回沙发前,放下杯子,含糊地说了声"先睡了",就脚步跌撞地上楼去。电视也没有关。

她坐在电视机前,酸痛的肩颈陷在沙发里,看着偶尔停下的频道。

一只大鸟在给窝里的小鸟们喂食。

两只松鼠面对面嚼着果子。

几个丛林里的族人在用树枝搭建房屋,用凿子建造水渠。

他们堆起柴火,点燃,随后围坐祈祷。

她站起身,往厨房里去。她站在黑暗里握住煤气灶的旋钮,按下去,轻轻一扭,一圈蓝色的火苗亮了起来,像节日夜空的烟花。她又一扭,火光灭了。

她沿着墙来到柜子门前,双手握住红色的圆环开关。她向左拧,感觉到开关松动了。她用尽全身力气向左,直到拧到了底,直到拧得不能再拧。再拧紧一点也没关系,反正不再需要再打开了。

大象的单行线

这是一个烤炉似的夏季。每到傍晚,在这座城市远方的地平线上,庞大连绵的云化作灿烂的火红色,它们看上去多么像一群巨型的红色大象,缓步迈过无数指甲盖大小的高楼。它们的队伍太长了,好像永远走不完。就算是起风的日子,它们也会贴着天空的幕布,一直走到天黑,直至走进深蓝的夜色里。

沐风把鼻子贴在玻璃窗上,出神地看着这些大象的队伍慢慢行进。客厅里开着空调,沐风还是有点出汗,鼻尖在玻璃表面留下一个草莓形状的印子。

外婆说:"看这些云的情形,明天又是一个热辣辣的大晴天呢。"

外婆的话音刚落,沐风就看不见那些大象了,只有庞大火红的云在天边缓缓飘着。

沐风的暑假作业已经写到最后几页,这个夏季将要过去。原本,尾随而来的凉爽秋季是很令人期待的,新学期有崭新的课程表,还会有意想不到的有趣的新同学。可是最近一段日子,沐风开始认真地许愿,希望秋天不再到来,希望时间停止,就算永远停留在这个热得无法出门的夏季,她也心甘情愿。

外婆走路的脚步明显变慢了,从厨房端一碗绿豆汤到客厅,需要很久很久,也不再能追上家里的小白猫。外婆喜欢为沐风扎马尾,现在她举起梳子都会气喘吁吁。看得出,爸爸和妈妈对外婆的状况都很担忧,他们开车带着外婆去看医生,每次回家都皱着眉毛。

外婆倒是满脸无忧无虑的笑容:"就是老了嘛,有什么大惊小怪的?"

"老"是什么呢?沐风抚摸着外婆的脊背,这些年外婆的脊背越来越弯。

"这是要活上很多年才有的特权呢,这样才能更清楚地看见地上美丽的花朵呀。"外婆乐呵呵地告诉沐风。

沐风望着外婆的齐耳短发,不知什么时候,黑发已经全部变成了银色。

"这项特权更厉害了,就像戴上一顶纯银的皇冠,在人群中闪闪发光。"外婆为沐风的长发扎上了一个蝴蝶结。

外婆又开始显得疲倦,揉着太阳穴。外婆笑着向沐风解释:"不再有年轻人的精力,这也是一项特权。这样就不会浪费时间去干蠢事,可以专心做最重要的事情。"

最近妈妈看见沐风缠着外婆,总会过来把沐风抱走,嘱咐她不要让外婆累着。有一回,妈妈把沐风抱回小白猫盘踞的主卧室,正说着"要让外婆好好休息",忽然眼圈有点红了,声音奇怪地补充了一句:"外婆的时间不多了。"

离暑假结束还有两周,家里的小白猫失踪了。清早,沐风还没起床,就听见一家人进进出出,还有爸爸妈妈的低声议论,说是猫都会在老死前找个地方躲起来,小白猫已经十几岁,也差不多到了时间。

沐风不明白,邻居大哥哥也十几岁,看上去一点不像会老死的样子啊。一阵惊叫和嘈杂从窗外传来,隐约听到是外婆出门找小白猫,在花园里跌倒了。沐风趴在窗台上使劲向外张望,什么都没有看到,她从小床上跳起来,穿着睡衣就要跑出去找外婆。赤脚跑到门口,被妈妈迎面拦住。

妈妈红着眼眶,对沐风努力露出一个笑脸:"你到大伯家去玩几天好不好?趁着暑假。"

很快,大伯赶到了,抱起沐风坐进他的车,后座上堆着妈妈刚为沐风整理的行李,一阵风似的穿过城市,来到郊区的一座房子。大伯是位油画家,他的房子里弥漫着松节油和旧木头的气味,画室的门半开着,隐约看见里面凌乱的色彩。

"我刚才给你爸爸打电话了,他说外婆很好,不过要在医院里住一阵。"大伯告诉沐风。沐风还是觉得心里紧绷着,什么东西都吃不下。她躲在二楼的小卧室里眺望窗外,出汗的鼻子紧贴冰凉的窗玻璃。

真奇怪啊,即便是在相隔这么远的城市两头,看见的云彩却是一模一样的。云朵在暑热中膨胀得无比庞大,横卧在地平线上,从洁白缓缓变成灿烂的火红色，就像一群火红的大象，它们正缓慢地走入越来越深的夜色中。

轻而急促的敲门声，像有许多小拳头同时扣响卧室的小木门。沐风有些诧异，这座房子里除了大伯，还有谁呢？打开门的一刹那，一大摞深红色的小圆球争先恐后地滚落进来。房间里顿时充满了番茄的清香。原来它们都是番茄啊。

"我们没有时间了。"

"我们没有时间了！"

它们叽叽喳喳地吵闹着。沐风简直看呆了。

有一枚最圆的番茄，借着冲刺的速度，咕噜噜一直滚到沐风脚背上。它努力仰起肚脐，焦急地对沐风说："快帮帮我们，我们没有时间了！"

沐风问："我要怎么帮你们呢？"

"到冰箱里来找我们，把我们吃掉，或者把我们送走。"

冰箱？沐风一阵疑惑，就从梦里醒了过来。

"我要是不吃了它们,没准它们就又要到我的梦里来捣乱了。"沐风对自己说。她从床上坐起来,穿上鞋子,沿着走廊向楼下的厨房走去。

打开冰箱,在明亮的冷藏格里,果然堆放着许多熟透的番茄。沐风把它们全部抱出来,摆在餐桌上。现在它们倒是跟超市里不会说话的番茄一模一样,涨红着害羞的小脸蛋,安安静静地排着队。沐风抓起一枚番茄,咬了一口,馥郁的香气顿时在唇齿间炸裂开。这些番茄都到了最好吃的一刻,柔和的酸,浓烈的甜。

沐风使劲地吃啊吃,番茄实在太多了,她吃得肚子都要撑破了。

客厅里的老挂钟敲了十二下,桌上的番茄开始晃动起圆滚滚的身躯。沐风看到,它们正在一个接一个地裂开。裂开的番茄们都非常高兴:"我们终于有嘴巴了,终于不用跑进别人梦里去说话了。"

它们用新长出来的大嘴恳求沐风:"快把我们送

走吧,我们不能留在这里了。"

沐风问:"我应该把你们送去哪里呢?"

"夏天的尽头,"裂口最大的番茄抢着说,"就在外面这片黑夜的背后。"说完,它露出一个沐风从未见过的最快乐的笑容,整张圆脸上只剩下一张欢笑的大嘴,仿佛它们要去的地方比冰箱冷藏格好上一千万倍。

沐风有点发愁,她望着窗外无边无际的夜色,她可不认识这附近的路呀,而且外面已经起风了。树枝的黑影在窗棂上摆动着,一声巨响,房子的大门被吹开,风粗鲁地冲进厨房,在餐桌和碗柜上打了个旋儿,弄得碗筷叮叮当当地响,番茄在桌上滚作一团,随后大雨倾盆而下。

沐风忽然发现,雨中洞开的大门口正站着一个白色的身影,正是他们家早晨走丢的小白猫呀。"小白!"沐风走过去想要把它抱进来。

没想到小白猫一脸傲慢地躲开了:"我可不允许

你这么轻慢地称呼我。我的大名是猫小白，你应该称呼我'猫先生'才对。"

沐风惊讶地端详小白猫，它今晚看上去果然有点不一样，一身洁白挺括的燕尾服，粉红色的领结，头上戴着一顶高高的白色礼帽，前爪还握着一支漂亮的白手杖呢。猫先生用另一只前爪捉住帽檐，举了举礼帽，很绅士派头地走进厨房，对桌上的番茄们埋怨道："说好了是我来接你们去那个地方的，为什么还要叫上她呢？"

最快乐的那一枚番茄连忙解释："猫先生，我们当然是在等你，可是我们都圆滚滚的，容易滚散，带着我们赶路，你总需要有人协助呀。"

"协助？"猫先生沉吟片刻："你们明明知道那种场合是不允许外人参加的呀，她的外婆得到了入场券，她可没有。"

听说外婆也在那里，沐风立刻激动起来："我不是外人，再说我很愿意协助呀！求求你猫先生，我太想见到外婆了,你就带上我一起去吧!"

番茄咧着大嘴为沐风帮腔:"猫先生,像你这样的大人物是可以带随从的吧,比如说……一个女仆?"

什么?女仆?它是我的宠物,我是它的主人哎!沐风在心里大声抗议。可是她发现猫先生正把玩着手杖,意味深长地看着她,好像在提醒她,平时是谁每天把猫粮装在小盘子里给它端上来,又是谁殷勤地为它梳毛?主仆关系,一目了然嘛。

好吧,沐风想,只要能见到外婆,给猫先生继续做女仆也没什么大不了的。

作为女仆,沐风打算为这次远行找到足够多的雨伞,外面这么大的雨,每一个番茄都会需要一把伞吧。可是猫先生表示并不需要。它抻直脊背,昂着头,用手杖敲了敲地板,让大家集合,然后它将手杖伸进雨里,轻轻往上一挑,多么神奇啊,大雨就像一张银色的帘子,立刻被它的手杖掀开了一个小小的角落，宛如一条通往舞台幕布后面的通道。

猫先生仪态端庄地走了进去。番茄们紧跟着一个接一个滚了进去。沐风跟在队伍的最后面。当她也走进雨帘背后，再回头看，夜色中的大雨和城市都已经消失了。沐风感觉到阳光温暖地落在她的睫毛上，周围的空气是干燥而凉爽的，光影像音符一样微微颤动，脚下的青草无比柔软，散发着露水的香气。

他们正身处于一个没有日历的清晨，周围没有高楼大厦，没有城市，只有谜一样巍峨美丽的雪山，映着湛蓝的晴空和苍翠的森林。

雪山下有一片广阔而寂静的湖泊，湖水清澈得仿佛透明似的，湖边青草茂盛，繁花盛放。现在他们正沿着湖边在往前走，猫先生脚步匆忙地走在最前头。番茄们排成一行，一个跟着一个努力地滚动着。

"快一点，再快一点！"

"我们要赶不上那场庆典啦!"

可是他们的队伍走得实在算不上快。正如番茄们预计的,它们不停地滚散,一个滑向左边,一个又骨碌到右边去了。沐风走在最后面,她必须不停地把滚偏了方向的番茄捉起来,放回队伍里。这么一来,就不停地有其他的队伍从后面赶上来,从他们身边经过。

络石花的队伍有好多个方队,它们都穿着绿色的小裙子,举着白色的小风车,借着风的翅膀,它们几乎是腾空而起在飞行着。

绣球花的队伍坐着绿色的车辇,一边行进,一边挥动着手中彩色的绣球,跳着啦啦队一样的热舞。舞蹈的音乐来自和它们并肩的另一支队伍,那是凌霄花与萱草花们,它们举着喇叭形状的橘色花朵,正在吹奏小号进行曲。

百日菊的车队缓缓驶来。花朵们站在枝头的最高处,身着紫红色与正红色的复瓣大摆裙,头顶金色的皇冠,一身宫廷风格的隆重打扮,睥睨众生地接受番茄们的仰视。

樱桃们也来了,它们争先恐后地滚动向前,蹦跳着,相互碰撞着,很快就把番茄们的队伍冲散了。紧随其后的是草莓、杨梅、荔枝。桃子和番茄一样,滚得又慢又经常滚散,很快就跟番茄们混合在一起。不幸的是,还没来得及等它们排回原来的队形,就听到身后传来的轰隆隆的声响。

是西瓜的队伍,它们身着迷彩服整齐地滚动碾压过来,就像战车一样飞快地逼近,桃子和番茄们吓得立刻向两边避让散开,猫先生横握手杖挡在它们前方,大声地安慰它们:"镇定,镇定!"

这时候,沐风又看见火红色的大象了,沐风还是第一次这么近距离地看着它们呢。它们走在队伍的最后面,正连绵不断地缓步而来,越走越近。它们那么庞大,当它们走过沐风面前的时候,抬头也看不到它们的背脊。它们的队伍太长了,好像永远也走不完似的。

在它们的背脊上，驮着很多小动物和人类，正在齐声哼着一曲悠长的歌谣，那弥漫在空气里的旋律仿佛无数精灵正在振动翅膀。沐风听不清那首歌唱的是什么，她只是惊喜地望见，外婆正坐在一头小象的背上，白发像一顶银色的皇冠在阳光下闪闪发光。

"外婆，外婆——"沐风向着外婆飞奔过去。

外婆好像重新变得年轻而矫健了，她把小象的长鼻子当作滑梯，轻巧地滑了下来，伸开手臂迎接沐风。沐风一头扑进外婆的怀抱，好温暖，衣襟上是外婆熟悉的气味。沐风高兴得快要流下眼泪来了。

小象停下脚步，俯下身躯，微笑着，用长鼻子轻柔地环绕住她们，同时给了她们一个大大的拥抱。小象的皮肤柔软而火热，摸上去就像烤红薯的外壳一样。沐风看见小象流下了一滴快乐的眼泪，那一枚晶莹的眼泪刚落到泥土里,立刻就开出了美丽的花朵。

番茄们聚拢过来,一起对她们仰起欢笑的大嘴。猫先生也摘下礼帽,矜持地走近前来,用欧式礼仪亲吻了外婆的双颊。

沐风紧紧握住外婆温暖的手掌,经过一整天漫长的别离和担忧,她再也不想放开外婆的手。她们手牵着手一同继续跟随队伍往前走。前方的脚步逐渐慢了下来。在道路两边,湖水与森林的掩映中,出现了热闹的集市。水果和花朵们围上鲜艳的围裙,戴上头巾,开始售卖各种可爱的小玩意儿。

猫先生买了一只忍冬花做的鼻烟壶。沐风看着它伸出一只前爪,售货员用收款仪对着它的手掌扫描了一下,发出滴的一声响。

"收款金额:一小时十九分钟。"售货员说道,把鼻烟壶递给猫先生,"希望您喜欢噢。"

鼻烟壶里装满忍冬花干燥的花瓣,闻起来有一种飘飘欲仙的芬芳。

沐风看到有卖络石花的小风车，立刻就走不动路了。外婆看透了她的心思，笑吟吟地伸出手掌。

"二十九分钟。"售货员提醒道，"这是您仅剩的时间了噢，只够买一个小风车，然后您就不能再买其他东西了呢。"外婆点点头，接过小风车递给沐风。

沐风觉得心里有点难过，集市上还有这么多可爱的小玩意儿，她也想给外婆买几件。她看到有一种花楸果做的果冻，装在心形的透明小碗里。沐风伸出自己的手掌，售货员拿着付款仪扫描了一下，没想到，付款仪竟然发出尖利的警报声："哔哔……哔哔……"

"她的时间根本就不属于这里呀。"售货员惊讶地说。

"她的时间根本不属于这里！"

"她不属于这里！"

花朵、水果和小动物们都惊叫起来,一个叫得比一个大声。这阵混乱让象群停下了脚步。最高的那头大象从人群中发现了沐风,朝着她慢慢走近,一边厉声问:"你是谁?你是怎么到这里来的?"

大象的声音就像夏季天边的雷声似的。

猫先生勇敢地跳出来,挡在沐风面前:"是我把她带来的,她是我的……女仆。"

沐风不想给猫先生惹麻烦:"是我求猫先生带我来的!我只是想来看看外婆。"

大象对着沐风俯下身子。它实在太庞大了,从队伍中找到沐风,就跟找一个针尖似的。终于,沐风看见大象眼睛的瞳孔里映出了她小小的身影,那只大眼睛里的光芒逐渐从锐利变得温柔。

沐风小心翼翼地问大象:"请您给我一点时间好不好?"

"你要时间做什么呢?"大象眨巴着大眼睛。

"我想给外婆买一点礼物啊。"沐风央求。

大象直起身躯向众人宣布:"她是一个孩子。"

"她是一个孩子!"

"天哪,她是一个孩子!"

大家又此起彼伏地惊叫起来。

"所以,"大象对沐风说,"孩子啊,其实你还有很多很多的时间,你一个人的时间,比我们这里所有人加起来还要多呢。"

大象用长鼻子在空中打了个旋儿,就像变魔术那样,它的鼻子尖上变出了一张金色的卡片,这是"时间的信用卡"。大象把信用卡递给沐风,严肃地嘱咐她:"记住,你今天透支的每一分钟时间,都会在你长大后自动扣款。"

沐风兴奋地接过这张闪亮的金色卡片,连声道谢。

她立刻刷卡买了两碗花楸果的心形果冻,外婆一碗,她一碗。果冻是酸甜的,宝石似的红色花楸果实镶嵌在果冻中央。她们用小勺一口一口吃完了。

集市上的好东西真不少。沐风为外婆挑选了一支玉簪花的发饰,很配外婆的银发。一盏酸浆花做的小灯笼,只要请萤火虫到里面做客,灯笼就会发出好看的橙色光芒。一瓶覆盆子酿造的紫色钢笔墨水,外婆的钢笔字写得很好看。还有樱桃酿的酒,装在陶瓷小酒壶里,用深红色的印花礼品纸袋包装着。

"收款金额:一小时三十九分钟。谢谢光临。"

"原价五十九分钟,促销期间,给您额外再打九折。"

"三十九分钟。不保修。"

"两小时零九分钟。还奉送您礼品包装盒噢。"

……

外婆看上去有些发愁:"我不需要这么多礼物,

我有你就足够啦。"

沐风认真地说:"能为外婆买到这一分钟的快乐,花多少时间都是值得的呀。"

外婆的笑纹绽放开来:"我已经很快乐了。"她抚摸着沐风的头发:"你还要长大,所以不可以把将来的时间都用完噢。"

但是沐风觉得,跟此刻相比,将来真的一点都不重要。

沐风为猫先生买了一只芍药花填充的小靠枕,对于长途旅行的绅士而言,这份礼物真是非常体贴而必要。猫先生感动得打了个喷嚏。

沐风还看上了一种木槿花做的紫色小折伞,她打算买两把,一把给外婆,一把留给她自己。如果路上下雨的话,她们就都不会淋湿了。她正要用信用卡付款,外婆轻轻按住了她的手掌:"不需要两把伞,我要去的地方,你是不可以一起去的。"

沐风心中掠过一阵奇怪的凉意,她感觉到周围队伍的脚步忽然加速了,道路两边的集市开始匆忙地收摊,转眼间,手中的折伞已经变成了两朵普普通通的木槿花。

刚才驮着外婆的红色小象重新来到了她们身边。它用鼻子轻柔地托起外婆,将她重新放回自己高高的脊背上,这么一来,外婆就没法听见沐风说话了。沐风着急地追着小象:"为什么我不可以一起去,为什么呢?"

小象长鼻子的热气呵着沐风的后颈:"万物有季节。我们要随着这个夏季一起离开,可是你还有以后很多个夏季呢。"

沐风想起来了,番茄们说过,它们到来的这个地方叫作"夏季的尽头"。既然是夏季……沐风问:"那么明年夏季,你们还会一起回来的是不是?"

小象柔声回答道:"我们不会再回来了。明年你还会经历夏季,还会见到同样美丽的花朵和水果,也还会见到天边火红色的大象们,但是它们不再是我们。"

沐风震惊地意识到,那是不是意味着,外婆也不会再回来了?

小象安慰着沐风:"当然,你也可以把那些大象当作我们。"

沐风使劲摇头,她绝对不可能把别人当作外婆,把别的小白猫当作猫先生,以后也永远不会再有这么美好的夏季了!"停下来,停下来,"沐风追赶着小象的脚步,愤怒地抗议:"我们为什么不能永远停留在这个夏季呢?"

小象摆动着两只大耳朵:"那样的话,世界上所有的孩子都不再会长大,苹果不再会变红,板栗不再会成熟,你和你的同班同学将永远不能升入四年级,你愿意让世界变成这个样子吗?"

说话间,象群的脚步变得更快,沐风要气喘吁吁才勉强能追上。沐风用尽全力大喊一声:"停下来!"

她的喊声实在是太响了,把自己都吓了一跳。小象的脚步真的停住了,后面的大象轻轻撞上了它,随后整个象群的脚步停住了。水果停止了滚动,花朵停止了舞蹈,小动物和人群停止了歌唱。这场庆典中所有行进的队伍都停了下来,停在这一刻。

沐风觉得脑袋的运转也停住了,她几乎忘记自己想要说什么。

最高的那头大象再次穿过人群向她走来,把长鼻子高举成一个恼怒的问号。

沐风高举起金色的信用卡:"我还有很多很多的时间,我可以把这些时间全部送给我的外婆和猫先生吗?我知道,我不能那么自私,为了留住这个夏季,让全世界的孩子都不再长大。至少我愿意自己永远不再长大,这样的话,是不是我的外婆就可以留下来?猫先生也可以留下来?"

大象眨巴着眼睛，似乎有点惊讶，也有点感动。

猫先生将手杖夹在手肘底下，掏出礼服胸袋里的手帕，偷偷擦了擦眼角。

大象思考了好一会儿，这才回答道，"这个嘛，倒还没有过先例呢。"

小象轻声在沐风后颈耳语道："但是你可以试着提交一份申请。"

"我的申请会被批准吗？"沐风担心地问。

"也不是完全没有可能噢。"大象庄严地回答道。

沐风向百日菊借了一根笔直的枝条，向猫先生借了它的手帕，用枝条蘸上覆盆子酿造的钢笔墨水，在手帕上密密麻麻写好了申请，然后大象鼻子一抬，就把这份申请收下了。

小象再次伸出它火热柔软的长鼻子，紧紧拥抱了沐风。沐风看到小象流下一滴伤感的眼泪，这一枚巨大清澈的泪水掉进泥土里，变成一声悠长的叹息。转瞬间，象群又飞快地行走起来，所有队伍都步履轻快地重新向前行进。

番茄们滚动着，对沐风露出最后的笑脸。

猫先生一边奔跑，一边对沐风挥动着芍药花的靠枕，烟囱般的礼帽在阳光下闪动着。

外婆坐在小象高高的背脊上，手中各种颜色的礼物袋子随着象群的脚步晃动着，她向沐风远远地微笑，没有忧愁地久久微笑着。

这一回，沐风再也追不上他们了，她的眼泪终于决堤流下，泪水是温热的，和外婆手掌的温度是一样的。沐风望着大象们驮着外婆向远方走去，走向谜一般美丽的雪山，走向皑皑白雪与夜色交汇的地方，它们的身影在天边画出了一条火红色的单行线。

真奇怪，夏天远去了，气温正在下降着，沐风手中金色的信用卡却开始融化了，粘粘的，散发着香气。原来这张信用卡是麦芽糖做的呢。沐风把粘糊糊的手指放进嘴里,还没来得及尝到麦芽糖的甜味,她就忽然从梦中醒来了。

卧室的小木门还紧闭着,房间里闪烁着窗外幽暗的夜光,空调正静静运转。沐风推开窗户,外面好像刚下过大雨,湿润凉爽的空气涌进卧室。

原来,这个夏季的最后一天已经过去了。

几天后的一个清晨,沐风在大伯的画室里看到一幅油画,那是一群火红色的巨型大象,正在城市的上空列队前行,油彩还没有干透呢。

"你也看见它们了?"沐风问。

大伯拿着画笔抬起头:"你是说夏天红色的晚霞吗?"

大伯话音刚落,沐风就看不见那些大象了,只有庞大火红的云在油画中栩栩如生。

妈妈把沐风接回家以后,在沐风左边的发髻别上一朵小白花,它看上去很像是外婆送给她的络石花小风车。

接着学校开学了，沐风升入了四年级，然后是五年级、六年级。沐风怅然地意识到，她那份申请果然没有被批准呢。她还是长大了，这是不是意味着，外婆和猫先生都真的不会再回来了呢？

高考前，沐风想起她还有另一件值得担心的事情。她曾经有过一张"时间的信用卡"，给她信用卡的大象曾经嘱咐她："记住，你透支的每一分钟时间，都会在你长大后自动扣款。"要是她在集市上刷卡透支的时间，恰好在高考考场里被自动扣掉，那可就糟糕了。

好在这样的情况并没有发生。

沐风工作了，她并不像周围的同事那样着急，她做事总是慢吞吞的，反正无论怎么赶时间，她还是有很多时间会在"自动扣款"中消失的呀。

比如有时候，她正在复印文件，复印机来回扫描的冷光让她忽然出了神,那不停闪动的光芒让她仿佛再次看见雪山光影的变换,她甚至还能隐约听见那悠长的歌谣呢,那一刻,她感觉外婆依然是和她在一起的。满心温暖和酸楚的时候,半小时眨眼间消失了。这就是"自动扣款"吧?

同事们总是善意地劝告沐风,不要浪费时间,应该把每一分钟都换成加班费,或者换成升职的砝码才对啊。他们觉得沐风总是虚度光阴,她居然会对着一朵花微笑,或者对着一朵云发呆很久呢。

想象那一支再也记不起来的悠长歌谣,回忆那一年再也不会回来的红色大象,或者只是静静欣赏,欣赏水果的芬芳,欣赏花朵缓慢盛开的姿态,欣赏云朵们孤独的魔术表演……世间万物都行走在大象的单行线上,这一刻独特的美好,过去了就不会再重来。

沐风还清晰地记得,在那个夏季的尽头,当她

从大象鼻子上接过信用卡时,她曾经仔细端详过那张金色的卡片。她看到,在卡片背后,刻着一行小字:

把时间花在时间上,没有比这个更值得的了。

图书在版编目（CIP）数据

一次远行/孙未著.-上海：上海文艺出版社.2021
ISBN 978-7-5321-7574-1
Ⅰ.①一… Ⅱ.①孙… Ⅲ.①短篇小说－小说集－中国－当代
Ⅳ.①I247.7
中国版本图书馆CIP数据核字(2020)第260668号

发 行 人：毕　胜
策　　划：李伟长
责任编辑：李　霞　王丹姝
封面设计：钱　祯
封面插画：施晓颉×公号：痴吃喵
书　　名：一次远行
作　　者：孙　未
出　　版：上海世纪出版集团　上海文艺出版社
地　　址：上海市绍兴路7号　200020
发　　行：上海文艺出版社发行中心
　　　　　上海市绍兴路50号　200020　www.ewen.co
印　　刷：杭州锦鸿数码印刷有限公司
开　　本：787×1092　1/32
印　　张：6.625
插　　页：5
字　　数：100,000
印　　次：2021年1月第1版　2021年1月第1次印刷
Ｉ Ｓ Ｂ Ｎ：978-7-5321-7574-1/I · 6025
定　　价：46.00元
告 读 者：如发现本书有质量问题请与印刷厂质量科联系　T：0571-88855633